《百家字谜》编辑委员会

主 编：苏剑

编 委：武骝、蔡芳、黄全来、熊辉、苏颖、顾斌、王刚

● 学生灯谜读物 ●
百家字谜·第一辑

蔡 芳
字谜300

蔡 芳/著

中州古籍出版社
·郑州·

图书在版编目（CIP）数据

蔡芳字谜 300 / 蔡芳著 . — 郑州：中州古籍出版社，2021.3

（百家字谜 . 第一辑）

ISBN 978-7-5348-9549-4

Ⅰ . ①蔡… Ⅱ . ①蔡… Ⅲ . ①谜语—汇编—中国 Ⅳ . ① I277.8

中国版本图书馆 CIP 数据核字 (2021) 第 015697 号

出 版 社	中州古籍出版社
	（地址：河南省郑州市郑东新区祥盛街 27 号 6 层 邮政编码：450016）
发行单位	新华书店
承印单位	陕西隆昌印刷有限公司
开　　本	889mm×1194mm　　1/48
总印张	28
总字数	600 千字
版　　次	2021 年 3 月第 1 版
印　　次	2021 年 3 月第 1 次印刷

总定价：120.00 元（全套 10 册）
本书如有印装质量问题，由承印厂负责调换

作者简介

蔡芳（1953— ），男，福建尤溪桂峰人，高级工程师。中国民间文艺家协会中华灯谜学术委员会常务委员，中国职工灯谜协会副会长，福建省民间文艺家协会灯谜学术委员会副主任，三明市民间文艺家协会副主席，新加坡灯谜协会顾问。创作研究灯谜30多年，制谜2万多条，著有（含合著）《常用谜语词典》《教你猜字谜》《灯谜基础知识》《蔡芳灯谜作品集》等15种灯谜读物和灯谜论文集。1989年2月曾应邀参加中央电视台春节联欢晚会谜语擂台赛，在全国各种灯谜大赛中多次获灯谜论文奖和佳谜奖，并被中华灯谜学术委员会授予"中华灯谜国手""中华十佳灯谜学术研究员"等荣誉称号。2000年以来7次担任中华灯谜锦标赛和"中华灯谜艺术高层论坛"等大型谜会评委。

主要字谜论文：《字谜三忌》

主要字谜专著：《中华字谜大全》（副主编）

《中华字谜鉴赏大典》（副主编）

《字谜解析》（合著）

序 言

苏 剑

汉字是中国文化标志性的符号,是记录汉语语言的文字,距今已有六千年左右的历史。汉字集音、形、义于一体,以其独特的美感和魅力卓立于世界各民族文字之林。古往今来,人们融合运用汉字音、形、义的灵性和特质,以特殊的思维方式诠释汉字、演绎汉字,创造出灯谜这种独特的中华民族传统文化形式。

灯谜题材包罗万象,无所不及,而所有灯谜都含有字谜的元素,可以说都是构建在字谜基础之上的。字谜在灯谜的"大家族"中虽形微体小,却是人们公认的"万谜之源"。字谜是最简易的灯谜,也是最灵活的灯谜要素,是学习猜制灯谜的基础。兹长安文虎社编纂出版《百家字谜》丛书,也是为发扬传承中华传统优秀文化而做的一件大有裨益的普及性事情。

20 世纪 80 年代以来,是灯谜创作最为活跃的时期,字谜创作也空前繁荣,尤其是字谜创作的手法有了开拓性的发展,表现形式更加多姿多彩,字谜作品数量亦蔚为大观。《百家字谜》丛书第一辑就是这个时期字谜艺术的结晶,是世纪之交海内外字谜创作的缩影,基本上代表了当代字谜创作的领先水平,反映出当代字谜创作的整体概貌。

《百家字谜》丛书是系统介绍当代灯谜名家字谜精品的系列丛书,"百家"入选者均为当代在字谜创作方面有突出成就或字谜艺术精湛的谜家。《百家字谜》丛书第一辑,共选编了10位谜家的字谜作品,可谓"臻臻至至,洋洋洒洒"。首批入选的10位谜家中,有已故灯谜泰斗柯国臻、字谜专家黄穆灿、台湾名宿吴学平,有德艺双馨的老一辈著名谜家郑百川、汪寿林,有承前启后的灯谜名家武骝、蔡芳等,也有近几年在字谜创作方面成绩显著的苏剑、章镳、熊辉等人。他们的字谜作品自成风格,各具特色,或古朴典雅,或清新自然,或白描写意,或灵巧奇趣,呈现出"百花齐放"的字谜艺术图景。

翻开《百家字谜》丛书,弘扬主旋律、突出正能量的灯谜作品俯拾皆是。例如:

"织杼半融读书声（字）纾""教育后辈当尽孝（字）辙""寸土不丢保村庄（字）床""异地犹存故国心（字）域"以及"点滴改革见成果（字）单""和田名品，中国声誉（字）玉"，还有"四风之中奢为先（字）爽""为政不为民，民弃速罢之（字）整""奉献点点滴滴，赢得无上荣光（字）桃"等；再如："半掩浣花子美居（字）蒲""阳春晚景四方同，泊堤鹊影处处见（字）日"，等等。这些大手笔表现出了多样化的字谜之美。这些汉字和字谜的完美结合，让人感受到其无穷的艺术魅力。细细品读，在字形上能引起人们美妙而大胆的联想；在字音上能激发人们的兴趣，引起人们的共鸣；在字义上能增强或激发人们热爱中华民族文化的情感。汉字是字谜之源，字谜为汉字平添了新的文化内涵，丰富了汉字的艺术空间。

《百家字谜》丛书定位为普及型读物，可作为开展校园灯谜活动的读本，供中小学生和青少年爱好者学习猜制字谜借鉴之用。这套丛书，每个单行本由"作品精选"与"作品赏析"两部分组成。"作品精选"部分，选谜难易兼顾，雅俗共赏，每条谜都作了简注、解析，适合中小学生无障碍阅读。"作品赏析"部分，选取20—30条字谜代表作，邀请名家撰写评析短文，解读精华，激活亮点，启迪创作思路，有助于字谜猜制的普及和提高。

吾爱谜数年，又喜字谜创作，此次跻身其中，汗颜不已，自当是近距离学习前辈灯谜艺术造诣的绝佳良机，不敢懈怠。惟愿方家和读者打开《百家字谜》丛书这扇览胜之窗，尽情欣赏一窗美景、四面青山。纷呈的字谜精品，炼意传神，曲尽其妙，让你应接不暇；精妙的字谜赏析，酣畅淋漓，旨趣所归，让你品味称奇。步入这方园地，受各种典型谜法的浸濡熏陶，会让你起点更高、起步更实、起飞更快。《百家字谜》，带你跨进奇异的灯谜世界。

是为序。

2019年5月于西安白桦林居

目　录

作品精选

少笔画字 ································· 003

5 画字 ··································· 008

6 画字 ··································· 012

7 画字 ··································· 017

8 画字 ··································· 022

9 画字 ··································· 030

10 画字 ·································· 039

11 画字 ·································· 049

12 画字 ·································· 056

13 画字 ·································· 063

14 画字 ·································· 068

15 画字 ·································· 071

多笔画字 ································· 073

作品赏析

卢前王后（少笔画字）上 …………汪德亨 / 赏析　081

若不用心就出错（少笔画字）冈…蔡建荣 / 赏析　082

革除弊端向前进（少笔画字）升…邱　天 / 赏析　083

黄河如画，汉水奔流（少笔画字）凤

…………………………王永治 / 赏析　084

错误必须用心改（5画字）艾 …蔡建荣 / 赏析　084

采石矶畔杜鹃鸣（6画字）肌 …顾为善 / 赏析　086

隔门无须生隔阂（6画字）亥 …蔡建荣 / 赏析　087

一定要善始善终（7画字）豆 …刘　旭 / 赏析　088

五柳先生且宽心（8画字）苯 …陈书法 / 赏析　089

声急切兮意急切，与子分离兮叹西东（8画字）亟

…………………………方炳良 / 赏析　090

四面环山，之推安在（9画字）界

…………………………杨耀学 / 赏析　091

干戈一动南方定（9画字）城 ……许祯祥 / 赏析　093

连云草色接天低（9画字）荟 ……莫志刚 / 赏析　094

爱心欲献大牛哥，可否？可否？（9画字）牵

…………………………黄穆灿 / 赏析　095

三明永安三日游（9画字）脉 ……周震康 / 赏析　096

一帆独归西（9画字）狮 …………邓凤鸣 / 赏析　097

"取一文,我为人不值一文"(9画字)俄
..................................许友金 / 赏析 098
森林被毁,泉水枯竭(9画字)柏
..................................蔡建荣 / 赏析 100
立雄心方能翻番(10画字)倍 ...顾为善 / 赏析 102
落人窠臼之中,言多奉承之意(10画字)谀
..................................杨靖高 / 赏析 103
雄心自可安天下(10画字)倚 ...蒋 恺 / 赏析 103
潇湘深夜忆南柯(11画字)梦 ...顾为善 / 赏析 104
是进亦忧退亦忧,乃疑字当头所致(11画字)匙
..................................杨靖高 / 赏析 105
白头始见岁寒心(11画字)密 ...杨靖高 / 赏析 106
天边三星拱照,水中三星相映(11画字)添
..................................杨靖高 / 赏析 107
"安得长绳系白日"(11画字)婶
..................................杨基平 / 赏析 108
"安得长绳系白日"(11画字)婶
..................................蔡建荣 / 赏析 110
如水之清,如月之明(12画字)晴
..................................许祯祥 / 赏析 111
寻芳也应待年头(12画字)蓏 ...董书祥 / 赏析 112
得人和者谦为首(12画字)储 ...杨靖高 / 赏析 113

四方来帮助,同心挖穷根(12画字)富

············黄秦奇/赏析　114

闻声只为思春切,夜来好向郎边去(12画字)飧

············杨耀学/赏析　115

琢玉无成安可补(13画字)嫁　···邓凤鸣/赏析　116

架上空悬七星刀(13画字)梁　···邓凤鸣/赏析　118

亭前双归雁,展翅又飞去(14画字)翠

············蒋　恺/赏析　119

来世犹存木石盟(14画字)磲　···王幼堂/赏析　120

清浊之水各自流(14画字)蜻　···吴旭初/赏析　121

人思进取下苦心(15画字)趣　···邓凤鸣/赏析　122

"困似涸辙鲋"(15画字)鲨·········杨基平/赏析　123

明月落墙西,现出猫头鹰(15画字)增

············邓凤鸣/赏析　125

言多辛辣要约束(多笔画字)辩···苏纳戈/赏析　127

缘木求鱼最不可取(多笔画字)橹

············杨靖高/赏析　127

后　记 ················ 129

作品精选

少笔画字

真心不二独念伊(少笔画字) 　　　　一
注:"真"字中心部分为"三",不要了
　　"二",余下"一"。"独"提示"一"
　　的字义。"念伊"提示"一"念出来与
　　"伊"同音。

请出夫人见大夫(少笔画字) 　　　　一
注:用逆推法,从"大夫"中减损去"夫人"
　　二字,仅余下"一"。

星星之火(少笔画字) 　　　　人
注:"星星"象形为两个点状(丶)。谜面别
　　解为两个点状加之成为"火"字,逆推
　　出谜底"人"。

丝带同心结未成(少笔画字) 　　　　十
注:谜面语义倒装,由"结"字减损去"丝"
　　(纟)和"同心"("同"字中心部位为
　　"一口"),余下"十"即为谜底。

人蛇共舞（少笔画字）　　　　　　　　　亿

注："人"以偏旁"亻"替代，"乙"象形为竖立起来的蛇。

凤冠缀宝珠（少笔画字）　　　　　　　　凡

注："凤"字头上的帽是"几"，"宝珠"象形为点状"、"。

更须同心来协作（少笔画字）　　　　　　丈

注：用逆推法求谜底，由"更"字减损"同心"（一口），得出"丈"。

卢前王后不言让（少笔画字）　　　　　　上

注："卢前王后"系成语，初唐有四位杰出的诗人，其中杨炯对"王杨卢骆"的排列次序不满，自认为"愧在卢前，耻居王后"。谜用离合双扣之法。"卢"字前头部分与"王"字后面的"一"画合成"上"字。"不言让"，"让"字不要了"言"，再一次扣合"上"字。

中山先生上北平（少笔画字）　　　　　　千
注："山"字中部为"丨"，"生"字先头为
　　"丿"，"平"字北部（上方）为"一"。
　　"丨""丿""一"组成"千"。

志在四方思腾飞（少笔画字）　　　　　　士
注："志"加合"四方"（四个方格，形
　　如"田"），其中"思"字飞走，成
　　为"士"。

并非远树起风声（少笔画字）　　　　　　丰
注："非"字左右合并，至中间两竖笔画完
　　全重合，即成"丰"字。"远树"指"丰"
　　的字形很像写意画中远方的树木。"起
　　风声"提示谜底"丰"字读音与"风"
　　相同。共三重扣合。

一举夺魁大西北（少笔画字）　　　　　　天
注：离合双扣。"一"举起"夺"的魁（指为首
　　的部件"大"），成为"天"；"大"与"西"
　　字北部（上方）的"一"亦合成"天"。

有才反而被撇下（少笔画字）　　　　　　长
注：“才”的字形反转后，上头加个"撇"
　　的笔画（丿），即为"长"字。

潮水早退纵横流（少笔画字）　　　　　　月
注："潮"字中的"水"（氵）和"早"退走，
　　纵（丨）与横（一）的笔画再流走，仅
　　余"月"。

黄河如画，汉水奔流（少笔画字）　　　　凤
注：从地图上看，黄河的形状相似于"几"
　　字；"汉"流走"水"（氵）余下"又"，
　　与"几"合成"凤"。

擎旗自有后来人（少笔画字）　　　　　　队
注："阝"象形为飘动的旗子，后面来个
　　"人"，合成"队"。

孙在前来儿在后（少笔画字）　　　　　　孔
注："孙"字前部为"子"，"儿"字后半是
　　"乚"。

一如以前东北风（少笔画字）　　　　　瓦

注："一"与"以"字前半（丶）以及"风"
　　字东北部（右边及上方的"乁"），三部
　　合成"瓦"。

洒家不进酒家门（少笔画字）　　　　　闩

注："酒家"减损去"洒家"仅剩下"一"，
　　与"门"合成"闩"。

自君别后，不见伊人（少笔画字）　　　尹

注："君"字后半去掉为"尹"，"伊"字不
　　见"人"（亻）也是"尹"，双重扣合。

先机已失错铸成（少笔画字）　　　　　风

注："机"字先头部分失去，余"几"，与
　　"错"的符号（×）合成"风"。

后补马上变前卫（少笔画字）　　　　　书

注："补"字后半为"卜"，"马"字上方是
　　"㇆"，"卫"字前部是"㇆"，三部合
　　成"书"字。

今后还得承让一二（少笔画字）　　　　　水

注：先叫入后离损。"今后还得承"，由"承"字去掉"今"的后头（乛），逆推出字素"水三"；再由"水三"让出"一二"，得出谜底"水"。

快马加鞭快如飞（少笔画字）　　　　　乌

注：用抵消法制成。谜面"快"被后面的"快如飞（飞走）"自行抵消，余下"马加鞭"扣合谜底。"马"加上象形的"鞭"（丿）成为"乌"。

5画字

有月当去高台游（5画字）　　　　　　　右

注："有"去除"月"为"ナ"，"台"字高端游走余下"口"，两部合成"右"。

错误必须用心改（5画字）　　　　　　　艾

注："用"字中心部分方向改动成为"艹"，与"错误"的符号（×）合成"艾"。

有月当去高台游（5画字）右

朽木可雕成上品（5画字） 号
注："朽"字雕琢掉"木"，余下"丂"，与
"上品"（口）组合成为"号"。

谋成计就在用人（5画字） 甘
注：谜面为倒装句，别解为"要成为'谋'
字，'计'就要在，还要用上'人'
字"。即由"谋"字去掉"计"与"人"，
逆推出谜底"甘"。

一将镇守大江东（5画字） 仝
注："将"（jiàng）异读为jiāng，由名词转
化成副词用。谜面还须顿读成"一将镇
守大／江东"，前半逆推扣"人"（"大"
减损"一"），"江"字东部（即右半边）
为"工"。

冰水消融依然冻（5画字） 东
注："冰"消去"水"为"冫"，与"东"可
合成"冻"，由此逆推出谜底为"东"。

言而无信生是非（5画字）　　　　　　　　　仕
注：谜面句式倒装，"信"字无"言"为
　　"亻"，与"是非"的符号（＋－）合
　　成"仕"。

众口毁之仍从容（5画字）　　　　　　　　　穴
注："从容"二字中毁掉"众口"（3个"人"
　　与1个"口"），只剩下"穴"。

借得东风计已成（5画字）　　　　　　　　　讯
注："风"字东部字素为"乁"，与"计"字
　　参差组合成为"讯"。

分离之日，心如刀割（5画字）　　　　　　　归
注："日"字分离开为"丨彐"，"丿"象形
　　为刀从中割下。

低头跪拜，名节半毁（5画字）　　　　　　　叩
注："名节"二字各损毁掉前半，余下后半
　　合成"叩"字；"低头跪拜"提示"叩"
　　的字义。

讲起来错了一点，说出后不值一文（5画字）　　　　　　议

注："讲"的起始为"讠"，"错"（×）与"点"（、）合成"义"。"说"去掉后半为"讠"，"文"不要"一"成"义"。两次扣合。

一贯带头搞改革，直到开始起变化（5画字）　　　　　　卉

注：离合双扣。前句"一"与"带"字的头（艹）相贯，并且字素改变组合方式，便成"卉"字。后句"直"的笔画（丨）放到"开"的起始处，亦变成"卉"。

6画字

网开三面网不成（6画字）　　　　　　而

注：抵消法成谜。"网"与"网不成"自行抵消；余下"开三面"，将"面"字中的字素"三"开除，余下"而"。

隔门无须生隔阂（6画字）　　　　　　　　亥
注：从"隔阂"中抵消去"隔门"，即成
　　谜底。

人日怀归不得归（6画字）　　　　　　　　因
注：谜面"归"与"不得归"自行抵消，仅
　　以"人日怀"扣"因"字。

采石矶畔杜鹃鸣（6画字）　　　　　　　　肌
注："矶"字采掉"石"为"几"，"鹃"字
　　杜绝"鸣"余下"月"。

日上三竿（6画字）　　　　　　　　　　　阳
注："日"加上"三"（用"3"替代）和"竿"
　　（象形为"丨"），成为"阳"。

莫提他人是与非（6画字）　　　　　　　　地
注："他"莫提（无须）"人"余下"也"；
　　"也"与"是"（＋）、"非"（－）组合
　　成"地"。

此前没有认出来（6画字） 论
注："此"字前部没有了，余"匕"；"匕"与"认"参差组合成"论"。

一生实干总在前（6画字） 羊
注："一"字产生并坐实于"干"上，再加上"总"字的前头"丷"，三者合成"羊"。

是非之地不可留也（6画字） 圭
注："地"不留"也"，余"土"，与"是非"的符号（＋－）合成"圭"。

大赌小赌都不赌（6画字） 尖
注：抵消法成谜。"都不赌"把前两个"赌"字都抵消掉，仅余下"大小"，合成"尖"。

延边先人在异乡（6画字） 级
注："延"字的边（偏旁）是"廴"，"人"的先头为"丿"，"异乡"（变异的"乡"字）形如"纟"，三者组拼成"级"。

仰头天上明月光，明月光下登金顶（6画字） 伏

注：抵消法成谜。"明月光"与"明月光下"自行抵消，余下"仰头天上，登金顶"。"仰"字头部为"亻"，"天"字上方为"一"，"金"的顶部为"人"，还有个逗号视为点状（、），组合成"伏"。

名利始终放不下（6画字） 列

注："名利始终"指"名之始，利之终"，即"名"的初始字素"夕"，"利"的终了字素"刂"；"不"的下端放走，剩"一"。"夕""刂""一"合成"列"。

看似不上千人，一调便有两千（6画字） 任

注：离合双扣成谜。前句"不"字上方的"一"与"千人"（亻）合成"任"字；后句是说，将"任"字右下方的"一"调整到左边，便成为两个"千"字。

辽远无边竖标杆（6画字）　　　　　　　　阮
注："辽远"二字去掉边（偏旁），余下"了
　　元"，与象形的"标杆"（丨）合成
　　"阮"。

三节棍要点，一一授与人（6画字）　传
注："三节棍"象形为"㇉"，加上"点"
　　（丶）和"一一""人"（亻），便成
　　"传"字。

高空雁南飞，排一又排人（6画字）　庆
注："空"字高处为"丶"，"雁"字把南部
　　（下方）去掉后余下"厂"，再排列上
　　"一"和"人"成为"庆"。

前头进入山谷中（6画字）　　　　　　　　伞
注："前"字头部是"亼"，"山谷"二字的
　　中部是"丨人"。"亼"与"丨人"合
　　为"伞"。

7画字

鞭策后学立根基（7画字） 孝
注："鞭"象形为"丿"，"学"字后头是"子"，"基"的根部为"土"。三部拼合成"孝"。

十分了不得（7画字） 邛
注："十"字分开为"一丨"，与"了不"组合，可得"邛"字。

"浮云终日行"（7画字） 县
注：谜面出自杜甫《梦李白二首》（其二）诗："浮云终日行，游子久不至。""日"字终了一画去掉，悬浮在"云"字的上方，成为"县"字。

翻身做主人（7画字） 住
注："住"分拆开是"人主"，将之翻个身就变作"主人"。

到了黄山之中（7画字）   邮

注："黄山"二字之中部为"由丨"，遇到"了"，合成"邮"。

下人不正上要正（7画字）   走

注："下"字与不够端正的"人"字，再加上"正"的符号（十），成为"走"。

寒梅半放自吟诵（7画字）   宋

注："寒梅"二字各放弃掉一半，留下"宀""木"，拼合成"宋"。"自吟诵"提示"宋"的读音与"诵"相同。

大漠西望月如刀（7画字）   沃

注："漠"字西部为"氵"，如刀之"月"象形为"丿"，与"大"合成"沃"。

汗水挥洒夺冠军（7画字）   轩

注："汗"损去"水"（氵），余"干"；"军"被夺去顶上的冠（冖），成为"车"。

寒梅半放自吟诵（7画字）宋

各从陕西到洛阳（7画字） 汩
注：由"洛阳"减去"各"，再减去"陕西"
（阝），逆推出"汩"。

引向前头才转身（7画字） 张
注："引向"二字前头为"弓丿"，与反转的
"才"字组合，成为"张"。

不久之前立了功（7画字） 劲
注："久"不要前头一撇，余下"ス"，与
"功"合成"劲"。

人到陕西来寻根（7画字） 附
注："人"（亻），"陕西"（阝），"寻根"
（寸），三部合成"附"。

务必尽力，一定用心（7画字） 麦
注："务"必须去掉"力"，余"夂"；与
"一"和"用"的中心部分（二丨）合
成"麦"。

一定要善始善终（7画字）　　　　　　　豆
注："一"与"善"的始端（丷）、"善"的终端（口）组合，合成"豆"。

单骑前来投闯王（7画字）　　　　　　　闰
注："骑"前半是"马"；由"闯王"减去"马"，逆推得出字素"门王"，合之为"闰"。

宋亡之后元代之（7画字）　　　　　　　完
注："宋"的后半损去，余下"宀"，加上"元"成为"完"。

一一进入西陵峡（7画字）　　　　　　　陆
注："陵峡"二字的西部（左边）是"阝山"，加进"一一"，组拼成"陆"。

三寸柳叶刀（7画字）　　　　　　　　　寿
注："三寸"与象形的"柳叶刀"（丿）拼合成"寿"。

吴下阿蒙，正是其人（7画字） 呆

注：吴下阿蒙，成语。"吴"字下半段被蒙住，余"口"；"正"的符号（＋）与"人"组成"木"。谜底取"呆"而不取"杏"，一是符合字素扣合顺序者优先，二是以"呆"应合"吴下阿蒙"（比喻人学识尚浅）之意。

只因文中出错，惹得几多是非（7画字） 坑

注："文"字去除"错"的符号（×），成为"亠"；加上"几"和"是非"的符号（＋－），组拼成"坑"。

8画字

迅即飞舟过草桥（8画字） 茊

注："迅"飞走象形的舟（辶），余下"孔"，与"草"（艹）和传统谜法中象形的"桥"（一），拼合成"茊"。

山中旧貌改(8画字) 画
注:"山"字中间笔画移位旋转改变成"一
　　凵","旧"的笔画移位可变成"田",
　　三部组合成"画"。

平川十里一人归(8画字) 奉
注:"川"字转成水平方向为"三",与"十"
　　和"一人"组拼成"奉"。

同心协力干到底(8画字) 劼
注:"同"字中心"一口",协配"力"字,再
　　加"干"字底部的"十",成为"劼"。

结盟于花前月下(8画字) 昔
注:"盟于花"三字的前头为"明一艹",下
　　掉"月",结合成"昔"。

《鹊踏枝》兮伴箫声(8画字) 枭
注:鹊,"鸟"也,枝,"木"也,合之为
　　"枭"。"伴箫声"提示"枭"的读音与
　　"箫"相同。

"白首相逢征战后"（8画字）   武

注：谜面系刘长卿《送李录事兄归襄邓》诗句。"征战"二字后半为"正"与"戈"，以此逆推去掉"白首"（丿），余下字素组成"武"。

爱心中国应点赞（8画字）   宝

注："爱心"（冖），"中国"（玉），加上"点"（丶），可成"宝"。

别前赠送花一束（8画字）   刺

注："别"前半赠送掉，余下"刂"，"束"花掉"一"成"朿"，二者合成"刺"。

二度援川变化大（8画字）   奔

注："二"与"川"参差变化后组合成"卉"，加上"大"为"奔"。

人要一点上进心（8画字）   态

注："人"要"一点"（一、）成为"太"，加进"心"即"态"。

宁愿掉头不低头（8画字） 抵
注：要用"掉"字的头部为"扌"，不要"低"字的头部（亻）为"氐"，组合得底。

雪后进山访先师（8画字） 岿
注："雪后"（彐），"先师"（刂），加进"山"成为"岿"。

苦难之中结同心（8画字） 佶
注："苦难"二字中部为"十亻"，"同"字中心为"一口"，组合成"佶"。

是非皆由人口出（8画字） 舍
注："是非"的符号（＋－）与"人口"合成"舍"字。

两点聚会习水边（8画字） 泳
注："两点"（冫），"习"字全用，"水"的左右两边为（丿乀），字素相嵌重组成为"泳"。

为人首先要实干（8画字）　　　　　　　　金
注："人"与"首先"（亠）和"干"，组合
　　成"金"字。

无边风月在前头（8画字）　　　　　　　　肴
注："风"字无边为"㐅"，"月"字明取，"在"
　　字的前头为"ナ"，三部组成"肴"。

该出言也该出力（8画字）　　　　　　　　劾
注："该"字出"言"成"亥"，加上"力"
　　即为"劾"。

山中赋闲，写了点点滴滴（8画字）　　函
注："山"字中部闲置成为"凵"，与"了"和
　　"点点滴滴"（四个点状）组成"函"。

习字要从点滴起（8画字）　　　　　　　　学
注：拆字提义扣合。"字"加上"点滴"（象
　　形为"⺌"）成为"学"。谜面"习"提
　　示谜底"学"的字义。

反复易变小人心（8画字）　　　　　　　　怜

注："小"字向左反转90°，"心"变异为
　　"忄"，与"人"组合成"怜"。

心偏又得惹是非（8画字）　　　　　　　　怪

注："心"字作偏旁为"忄"，与"又"和"是
　　非"（十一）组合成"怪"。

一日查清无头案（8画字）　　　　　　　　林

注："查"字清除掉"一日"为"木"，"案"
　　字无头亦为"木"，两个"木"合成
　　"林"。

一到五点就上演（8画字）　　　　　　　　宙

注：假设法成谜。谜底"宙"加上"一"和
　　五个"点"（丶）即为"演"字。

今后水平要更高（8画字）　　　　　　　　承

注："今"字的后头笔画（㇇）与"水"字相
　　连，再与"平要更"三字的高端笔画
　　"一一一"交叉叠合，即为"承"字。

造福八闽人长健（8画字）　　　　　　　　建

注："造福八闽"别解为：谜底"建"造上"福"字成了"福建"，就是"八闽"之地，是一种特殊的漏补会意扣合方式。"人长健"别解为"人"长出来成了"健"字，由"健"去除"人（亻）"逆推出谜底"建"字。

其心不二，为人也直（8画字）　　　　　　供

注："其"字中心的"二"不要，为"共"，"人"直立的形式为"亻"，二者组成"供"。

一点一滴，从头做起（8画字）　　　　　　侠

注："一点一滴"（一、丶），"从头"（人），"做起"（亻），字素拼合成"侠"。

人一偏听，高节难保（8画字）　　　　　　命

注："听"字偏旁为"口"，"节"字高端去掉成"卩"。"人一"与"口""卩"组成"命"。

有心朝佛山，无处觅仙踪（8画字）　怫
注："佛山"二字减损去"仙"的字素，余下"弗"，与"心"（忄）合成"怫"。

有情月下共白头（8画字）　　　　　　性
注：（情）-（月）+（丿）=（性）。

声急切兮意急切，与子分离兮叹西东（8画字）　　　　　　　　　　　　　　亟
注：拆字提音兼提义三转扣合。提音部分："声急切"，提示谜底"亟"的读音与"急"相同（切合）。提义部分："意急切"，提示谜底"亟"是"急、急切"的意思。拆字部分："与子分离兮叹西东"，"子"字分开为"了一"，"叹"字西东（左右）分开为"口又"，组合成谜底"亟"字。

有难抢先上，应当要点赞（8画字）　拔
注："有难抢"三字的先头为"ナ又扌"，再要个"点"（丶），合成"拔"。

一生刚正为人,终得退隐山中(8画字) 齿

注:"一生刚正"逆推扣"止",加上"人",再加上隐去中部的"山"字(凵),成"齿"。

9画字

干戈一动南方定(9画字) 城

注:"干戈"与"方"字南部(即下半)组合,其中"一"画作了移动,便为"城"字。

一帆独归西(9画字) 狮

注:"一"与"帆独归"三字的西部(巾犭丨)组合成"狮"。

一汪流水空对月(9画字) 珊

注:"汪"流去"水"(氵)为"王","一"与一对空去中心的"月"组成"册",组合得底。

余者不足取耳（9画字）　　　　　　　　　　叙
注："取"字的"耳"不足，减字扣"又"；
　　"余"与"又"合成"叙"。

送人三叠阳关西（9画字）　　　　　　　　春
注："阳"关闭了西部为"日"，与"人三"
　　叠合成"春"。

草木早衰人依然（9画字）　　　　　　　　茶
注：（草）+（木）–（早）+（人）=（艹）
　　+（木）+（人）=（茶）。

三星聚水泊（9画字）　　　　　　　　　　泉
注："三星"象形为"氵"。由"水泊"减损
　　"三星"（氵），逆推出谜底"泉"字。

女将扬鞭一挥戈（9画字）　　　　　　　　威
注："将（jiàng）"异读作 jiāng，由名词转
　　化成副词用；"鞭"象形"丿"。（女）
　　+（丿）+（一）+（戈）=（威）。

连云草色接天低（9画字）　　　　　　　荟
注："天"字低处部位取"人"，与"草"
　　（艹）和"云"连接起来成为"荟"。

芒种儿回山里来（9画字）　　　　　　　荒
注："山"的里面是"丨"。（芒）+（儿）+
　　（丨）=（荒）。

十八相送到草桥（9画字）　　　　　　　荣
注："十八"与"草"（艹）以及"桥"的象
　　形（冖）组合成"荣"。

昔在包头曾一别（9画字）　　　　　　　苟
注："昔"别去"一"，余"艹日"，与"包"
　　字头部（勹）拼合成"苟"。

三十而立有一手（9画字）　　　　　　　拜
注："三十"为"卅"，改成直立变成"丰"；
　　"丰"加上"一手"成为"拜"。

十载为子劳心力(9画字) 勃
注:"劳"字中心是"冖"。(十)+(子)+
(冖)+(力)=(勃)。

上品也要找缺点(9画字) 拐
注:"上品"(口)加上"找",缺了个点
(丶),成为"拐"。

正月初七有棋赛(9画字) 是
注:农历正月初七民间称为"人日"。谜底
"是"分拆成"人日下","下"别解为
"下棋"。

先去云贵西南部(9画字) 贻
注:把"云贵"二字先头部分去掉,余"厶
贝",与"部"字西南方位(左下方)
的字素"口"组合成"贻"。

从小一定要自立(9画字) 亲
注:(小)+(一)+(立)=(亲)。

三日沉迷《左传》中（9画字）　　　　　　重

注："左传"扣"亻"，与"三日"字素整合可成"重"。

上下和谐求一致（9画字）　　　　　　香

注：将"和"字改成上下结构，加上"一"画即为"香"字。

斯人兴会更无前（9画字）　　　　　　俭

注："人"（亻）与"兴会更无"四字前面的字素（丷人一一）组合成"俭"。

一挥而就成千言（9画字）　　　　　　信

注：谜面别解为"一"加在谜底中可成"千言"二字。由"千言"减去字素"一"逆推出谜底是"信"。

来日儿要分开么（9画字）　　　　　　鬼

注："日儿"与拆分开的"么"（丿厶）拼合可成"鬼"。

撇下官帽去不还（9画字）　　　　　　　追
注："撇"的笔画为"丿"，下掉"官"的帽
　　（宀）为"㠯"，"还"去掉"不"为
　　"辶"，三部组拼成"追"。

三明永安三日游（9画字）　　　　　　　脉
注：由"三明"中游离出"三日"，余下
　　"月"，安上"永"成为"脉"。

车笠相逢在中州（9画字）　　　　　　　恽
注：谜面化用成语"车笠之交"语意。"车"字
　　明取，"笠"象形扣"冖"，"州"字中部
　　取"忄"，三者合成"恽"。

断送一生唯有酒（9画字）　　　　　　　洒
注："酒"字断送了"一"，即为"洒"。

乃见盛汉之空前（9画字）　　　　　　　盈
注："盛汉"二字空去前头，余下"又皿"。
　　（乃）+（又皿）=（盈）。

年初定计破江东（9画字） 浒

注："年初"（ノ一），"江"破损东部（余下"氵"），与"计"参差组合成为"浒"。

三人寻春天尽头（9画字） 昼

注："三人寻春"逆推扣出"日"，"天尽"二字头部为"一尺"，三部组合成"昼"。

后方将士上前线（9画字） 结

注：将"士"字与方格（口）、前线（纟）组合，可成"结"。谜面"后"提示方格（口）位于最后面。

点点滴滴真心助人（9画字） 烂

注：点点滴滴（四个"、"状），真心（三），与"人"组合成"烂"。

只能尽力而为罢了（9画字） 咫

注：（只）+（尽力）-（为）=（只）+（尺 丶力）-（丶力）=（咫）。

电杆架好,两点送电(9画字)　　　　　杆
注:"电"与"送电"自行抵消,"杆"加上
　　两个点(丷)即成"枰"。

森林被毁,泉水枯竭(9画字)　　　　　柏
注:"森"损毁了"林",余"木";"泉"
　　枯竭了"水",余"白"。

四面环山,之推安在(9画字)　　　　　界
注:"田"字可看成是四个"山"字四面环
　　绕而成。"之推"指春秋时晋国贤臣介
　　之推,以姓氏"介"借代扣合。当然,
　　此谜猜"畍"亦可,"畍"虽古同"界",
　　但系非常用字,不宜提倡。

阮家先前,差点完了!(9画字)　　　　院
注:离合双扣。"家"字前头为"宀",(阮)
　　+(宀)=(院)。"差点完了!"连标
　　点符号也参与扣合,"完了!"差了个
　　点(·),重组亦成"院"字。

虽是后来者，有缘阆中游（9画字）　　闽

注："虽"字后半为"虫"，"阆"的中部游走余"门"，组合得底。

取一文，我为人不值一文（9画字）　　俄

注：谜面系清康熙年间清官张伯行《禁止馈送檄》之句："宽一分，民受赐不止一分；取一文，我为人不值一文。""一文"与"不值一文"自行抵消，余下"取我为人"，扣"俄"。

干要干在前，还要主动点（9画字）　　珪

注："干"加上"干"字前面的"一"，成为"王"；"主"字的"点"（丶）移动位置，成为"玉"。

爱心欲献大牛哥，可否？可否？（9画字）　　牵

注："爱"字中心部位"冖"，与"大牛"二字拼合成"牵"。"哥"（两个"可"）与"可否？可否？"自行抵消。

凡心动兮爱心生，同心结兮光明行（9画字）　　　亮

注：移动"凡"的中心笔画（几、），与"爱"字中心（冖）、"同"的中心（一口）组合成"亮"字。"光明"提示谜底"亮"的字义。

差点完结，小心一点（9画字）　　　冠

注："小心"（亅）与"一点"（一、）合成"寸"；"完"字差个点（、），结合上"寸"即为"冠"字。

10画字

草桥有缘待玉成（10画字）　　　莹

注：草（艹）桥（冖）加上"玉"，便成"莹"。

灵台八卦山（10画字）　　　恳

注："灵台"义扣"心"，八卦中的"艮"代表山。

中秋话团圆（10画字） 诸

注："中"与五行的"土"对应相扣，"秋"与五色中的"白"对应相扣，"话"会意扣"言"（讠）。"土""白""言"（讠）组合成"诸"。

一生十八变（10画字） 珠

注："一生十八"字素重组，可变成"珠"。此谜面若谜目标为（猜5画字），扣合关系即变成：（一）+（十八）=（未），谜底就成了"未"。

有福者，福建人（10画字） 健

注：谜用假设法，由"福建人"减损去"福"，余下"建人"扣"健"字。

腹中天地阔（10画字） 脏

注：谜面出自朱德《游七星岩》诗："腹中天地阔，常有渡人船。"谜底"脏"参差拆解成"肚广"，会意应合谜面。

三伏以后入初秋（10画字）　　　　　　　　秦
注："三"与"人"（以后）、"禾"（初秋）
　　合成"秦"。

有缘一日鹊桥会（10画字）　　　　　　　　莺
注："桥"传统象形"冖"。（鹊冖）-（一
　　日）=（艹鸟冖）=（莺）。

二一添作五（10画字）　　　　　　　　　　积
注："二"与"一"再添上"五"，数字相加
　　等于"八"。谜底"积"拆成"禾八"，
　　别解为"数字相加的和是八"。

春分之后绿东南（10画字）　　　　　　　　泰
注："春"去掉后头，余下"三人"；"绿"
　　字东南部（右下方）为"氺"。（三人）
　　+（氺）=（泰）。

东村雪后觅初梅（10画字）　　　　　　　　将
注："寸"（东村）、"彐"（雪后）、"木"（初
　　梅），三部合成"将"。

层云缥缈隐仙山（10画字）倔

雄心自可安天下（10画字）　　　　　　　倚
注："雄心"（亻）与"可"合成"何"，"何"与
　　　"天下"（大）参差组合成为"倚"。

层云缥缈隐仙山（10画字）　　　　　　　倔
注："层"减去"云"为"尸"，"尸"与"仙
　　　山"参差组合成为"倔"。谜面"隐"
　　　指含有隐约像"仙山"的字素。

猴头称王力无边（10画字）　　　　　　　逛
注："猴头"（犭）与"王"合成"狂"，"边"
　　　字无"力"余下"辶"，二部组成底字
　　　"逛"。

余亦思归田舍下（10画字）　　　　　　　恋
注："亦"加上"思"，舍去"田"，成为
　　　"恋"。

言辞三改用得巧（10画字）　　　　　　　请
注："用"字可改成"月丨"。（言）+（三）
　　　+（月丨）=（请）。

客中自赏一春尽（10画字）　　　　　　夏

注："客中"（夂）与"自""一"合成"夏"。
　　　"春尽"提示已到"夏"日。

码头靠近七星桥（10画字）　　　　　　砣

注："码头"为"石"，"近七"提示与"七"
　　　字形相近（匕），"星桥"象形"丶
　　　一"，四部合成"砣"。

东边游鹅西边叫（10画字）　　　　　　哦

注："鹅"东边游走成为"我"，"叫"字西
　　　边是"口"，二者合成"哦"。

一直呵护还了得（10画字）　　　　　　啊

注：一个竖"直"的笔画是"丨"。（丨）+
　　　（呵）+（了）=（啊）。

不设大奖不发杯（10画字）　　　　　　桨

注："奖"不设"大"，余"丬夕"；"杯"
　　　减去"不"，余"木"。

留侯世家世称绝（10画字）　　　　　　　　阆
注："兴汉三杰"之一张良受封为留侯。谜
　　面"世"与"世称绝"自行抵消，余下
　　"留侯家"扣合谜底。谜底"阆"拆成
　　"良门"，别解会意为"张良门第"应
　　合谜面。

将军夜不脱，黄沙百战穿（10画字）　　　钾
注：唐诗中有"将军金甲夜不脱"与"黄沙百
　　战穿金甲"之句。可知"将军夜不脱"者，
　　"金甲"也；"黄沙百战穿"者，亦是"金
　　甲"也。"金甲"合成"钾"。

半是清醒半沉醉（10画字）　　　　　　　酒
注："清醒"二字前半是"氵酉"，"沉醉"
　　二字前半也是"氵酉"，系双扣之谜。

一生抱负付东流（10画字）　　　　　　　涣
注："一"与"负"抱合成"奂"；"流"
　　字东边付出，余下"氵"。二者合成
　　"涣"。

公字当头人品高（10画字） 容

注："公字"二字头部是"八宀"，"品"字高处是"口"。（八宀）+（人）+（口）=（容）。

终会有期来比拼（10画字） 能

注："会有"二字最终部分是"厶月"。（厶月）+（比）=（能）。

宽厚之心伴人一生（10画字） 莫

注："宽厚"二字的中心部位是"艹日"，加上"人一"即为"莫"。

千难之中一心坚持（10画字） 恁

注："难"字之中心是"亻"。（千）+（亻）+（一）+（心）=（恁）。

真心待人，用心做起（10画字） 俸

注："真"的中心"三"，"用"的中心"二丨"，"做"的起始部位"亻"。（三）+（人）+（二丨）+（亻）=（俸）。

人气与日而俱增（10画字）　　　　　　氚
注：（人）+（气）+（日）=（氚）。

三十而立，辛苦半生（10画字）　　　　莘
注："三十"（卅）立起来形如"丰"；谜面
　　前句若别解成"三个'十'加上'立'"，
　　又可扣"莘"。后句"辛"与"苦"
　　的一半（艹）合成"莘"，确定谜底是
　　"莘"。

枕戈待旦，儿盼星沉（10画字）　　　　晓
注："戈"加上"旦"，再加上"儿"，沉没
　　了"星"（丶），便成"晓"字。

一点错误，三面受损（10画字）　　　　斋
注："一点"（一）与"错误"（×）合成
　　"文"，"面"减损"三"成为"而"。

进入山口后，便到万石岩（10画字）　　砺
注：假设法成谜。从"万石岩"三字中减损
　　去"山口"，可逆推出谜底"砺"。

读书一夕,未见先生(10画字)　　　殊
注:"一夕未"三字与"先生"(丿)可组成
　　谜底"殊";"读书"提示谜底读音与
　　"书"相同。

用心一生,求索半生(10画字)　　　素
注:"用"的中心是"二丨",加上"一",再加
　　上"索"的后半(糸),合成"素"字。

奉献点点滴滴,赢得无上荣光(10画字)　　　桃
注:"点点滴滴"为四个点状笔画,"荣
　　光"没了上半段余下"木儿",合之成
　　"桃"。

落人窠臼之中,言多奉承之意(10画字)　　　谀
注:"人"落入"臼"中,成为"臾",多了
　　"言"便成"谀"字。"奉承之意"提
　　示谜底"谀"的字义。

11画字

昔在空山中（11画字） 黄
注："昔"加上"空山"二字的中部（八丨），
　　成为"黄"。

四方同心永向前（11画字） 兽
注："四方"（四个方格）形如"田"，"同
　　心"为"一口"，"永向"二字前头各取
　　一笔为"丷"。（田）+（一口）+（丷）
　　=（兽）。

但丁诞生之前（11画字） 得
注：但丁，13世纪末意大利诗人，欧洲文艺
　　复兴时代的开拓人物。"生"字前头是
　　"丿"，"之"字先头是"丶"。（但）+
　　（丁）+（丿）+（丶）=（得）。

是非总是会大白（11画字） 奢
注："是非"符号（+-）与"大白"拼合
　　成"奢"。

藏北特产销西部（11画字） 萨
注："藏"字北部为"艹"，"部"销去西边余"阝"，二者与"产"合成"萨"。

曲引天上明月出（11画字） 曹
注："天"字上头是"一"。（曲）+（一）+（明）-（月）=（曹）。

松柏后凋经风雨（11画字） 彬
注："松柏"二字后半凋落，余下"木木"；被风吹斜的雨丝象形为"彡"。

潇湘深夜忆南柯（11画字） 梦
注："潇湘"指"潇湘妃子"，《红楼梦》人物林黛玉的雅号，以姓氏"林"借代相扣；"夜"义扣"夕"。"林""夕"合为"梦"字。"南柯"是"梦"的代名词，提示谜底之义。

看来不可留一手（11画字） 眜
注：（看）+（来）-（一）-（手）=（眜）。

朱雀桥边归来后（11画字）　　　　　　　　棂

注："朱雀"代表南方，南方属"火"；"桥边"取"木"；"归"的后半是"ヨ"。三部合成"棂"。

池畔赏荷人不见（11画字）　　　　　　　　菏

注："池畔"取"氵"，"荷"不见"人"（亻）为"苛"。"氵""苛"合成"菏"。

砖抛出后引玉来（11画字）　　　　　　　　掴

注："砖"块象形为"囗"，"抛"去了后半余"扌"，引来"玉"，三部合成"掴"。

个个佩刀带弓箭（11画字）　　　　　　　　第

注："刀"象形为"丿"，"箭"象形为"丨"，与"个个"还有"弓"组拼成"第"。

且请放心来云南（11画字）　　　　　　　　悬

注："且"加"心"，再加"云"字南部（厶），即成"悬"。

哥上天山一游也（11画字）　　　　　崎
注："哥"字上头是"可"。（可）+（天）+
　　（山）-（一）=（崎）。

到西部去游禾木（11画字）　　　　　梨
注：禾木，新疆乡村旅游区。"到"字西部
　　去掉，剩下"刂"。（刂）+（禾）+（木）
　　=（梨）。

人若同心可降龙（11画字）　　　　　龛
注："人"与"同心"（一口）和"龙"，组
　　合成"龛"。

一夫当关形势变（11画字）　　　　　凑
注："一夫"当与"关"组合，把"丷"旋
　　转并移位到左边，就变成"凑"字。

人言可畏休多言（11画字）　　　　　偎
注："言"与"休多言"自行抵消，谜面余
　　下"人可畏"扣合"偎"字。

点点杏开在上头（11画字） 粘

注："点点"，即两个点状"丷"，"杏"字分开为"木口"，"上"字头部是"卜"。（丷）+（木口）+（卜）=（粘）。

千百挑一定要上（11画字） 宿

注："定"字上方是"宀"。（千）+（百）-（一）+（宀）=（宿）。

白头始见岁寒心（11画字） 密

注："丿"（白头）、"山宀"（岁寒初始部分）与"心"组合成"密"。

先要节俭，后见成效（11画字） 敛

注："俭"字先头部分节除，留"佥"；"效"字后半为"攵"。

天各一方，年初重逢（11画字） 族

注："年"字初始笔画为"丿"，"重逢"提示再有一个"丿"。（天）+（一方）+（丿）+（丿）=（族）。

"安得长绳系白日"（11画字） 婶

注：谜面出自西晋•傅玄《九曲歌》："岁暮景迈群光绝，安得长绳系白日。""长绳"象形"丨"，系上"日"字成为"申"；"申"与"安"字参差组合，即为"婶"。

天边三星拱照，水中三星相映（11画字） 添

注："三星"指三个点状。谜底"添"字，三个点在"天"的边上，三个点平撒在"水中"（亅）。

天河饮马水横流（11画字） 骑

注："天河"流失了"水横"（氵一），余下"大可"，加上"马"便是"骑"。

雄心加虚心，定能获首金（11画字） 铧

注：雄心为"亻"，加号为"十"，虚心为"七"，三部合成"华"；再加上部首"金"（钅），便成"铧"。

住上一载乡下变（11画字） 维
注："住"载上"一"成"佳"，"乡"的下端变动成"纟"，二者合成"维"。

"安得倚天抽宝剑"（11画字） 崭
注：谜面系毛泽东《念奴娇·昆仑》词句，以下句"把汝裁为三截"之意扣合谜底。谜底"崭"拆解成"斩山"，会意为"劈斩昆仑山"而应合谜面。

一生公字当头，油水绝不沾边（11画字） 寅
注："公字"二者当头的部首为"八宀"；"油"字"水"（氵）不沾边，扣"由"；（一）+（八宀）+（由）=（寅）。

是进亦忧退亦忧，乃疑字当头所致（11画字） 匙
注："亦忧"与"退亦忧"自行抵消。"疑"字当头部位为"匕"，加进"是"成为"匙"。

12画字

马屁精较劲（12画字） 揩

注：谜底"揩"字参差拆成"比拍"，别解为"比拍马屁"以应合谜面。

羲之献之今安在（12画字） 琴

注：东晋王羲之、王献之父子都是著名书法家，世称"二王"。故"羲之献之"以姓氏"王"（两个）借代相扣，再安上"今"，即为"琴"。

一室生春惹相思（12画字） 鹋

注："室"义扣"门"，"春"属"木"，"相思"别解为"相思鸟"，借代扣"鸟"，三部组合成"鹋"。

走为上策留下策（12画字） 棘

注：去掉"策"字上部，余"束"，留住"策"字下部亦为"束"，二者合成"棘"。

不容外戚来掌权（12画字）　　　　　椒

注："戚"字外边去掉，剩下"尗"。（尗）
　　+（权）=（椒）。

春天一去变了样（12画字）　　　　　替

注："春天"减损"一"，字素重组变成
　　"替"。

画鸟点睛变成鹰（12画字）　　　　　雁

注：假设法成谜。由"鹰"字减损"鸟"和
　　象形的"眼睛"（丶），逆推扣出谜底
　　"雁"。

人生自可巧安排（12画字）　　　　　犄

注："人生"字素调整变成"大牛"，与"可"
　　组成"犄"。

扬鞭纵马我为先（12画字）　　　　　鹅

注："鞭"象形"丿"，"为"的最先笔画为
　　"丶"。（丿）+（马）+（我）+（丶）
　　=（鹅）。

日上枝头花影重（12画字）　　　　　　　　棍
注：传统谜法将"匕"视为花瓣，与它的影
　　子合成"比"；"比"与"日"和"枝头"
　　（木）组合成"棍"。

得人和者谦为首（12画字）　　　　　　　　储
注："人"（亻）和"者"加上"谦"的部首
　　（讠），便是"储"。

水泊上下归晁盖（12画字）　　　　　　　　温
注："晁"的上头与"盖"的下方分别是
　　"日""皿"，加上"水"（氵）成为"温"。

东风初起燕归来（12画字）　　　　　　　　趁
注："彡"象形东边（右边）吹来的风，"人"
　　象形为"燕子"，二部与"起"字初始
　　部分（走）拼合成"趁"。

赖有女娲补天空（12画字）　　　　　　　　窝
注："娲"去了"女"为"呙"，"空"的天
　　顶为"穴"（穴宝盖）。

偏心若重自惊忧（12画字）　　　　　　就
注：假设法成谜。由"惊忧"减去重复的
　　"心"字（偏旁"忄"），余下"京尤"
　　合成"就"。

西江月照画堂中（12画字）　　　　　　湖
注："江"字西部为"氵"，"画堂"二字中
　　心分别为"十""口"。（氵）+（月）+
　　（十）+（口）=（湖）。

一旬之后小阳春（12画字）　　　　　　朝
注："一旬"换算为"十日"，"小阳春"指
　　农历"十月"。"十日"与"十月"参差
　　组合成"朝"。

一方连四方，穷根全挖光（12画字）　富
注："一方"，"一"和方格（一口）；"四
　　方"，形如四个方格合起来（田）；"穷"
　　字根部全被挖光，仅余"宀"。（一口）
　　+（田）+（宀）=（富）。

天方夜谭且休谈（12画字） 谟

注：此谜两次扣合谜底。前半"天方夜谭"别解为"傍晚时分说的话"，谜底拆解成"莫言"（"莫"与"暮"通假）。后半"且休谈"亦会意扣合"莫言"。

如水之清，如月之明（12画字） 晴

注：如果加上"水"就是"清"字，逆推扣出"青"；如果加上"月"就是"明"字，逆推扣出"日"；"青""日"合成"晴"。

百里挑一，人无完人（12画字） 皖

注："百里挑一"减字扣"白"；"人无"与"人"自行抵消，余下"完"与"白"合成"皖"。

人要多用心，更要放开点（12画字） 傲

注："人"（亻）加上"用"字中心部位，再加上"放"，去掉个"点"（丶），成为"傲"。

暗中设伏人默然（12画字） 黑
注："设伏人默然"别解为"如果设上'伏'就是'人默'的字样"，由"人默"减去"伏"，逆推扣出谜底"黑"字。谜面"暗中"提示"黑"的字义。

开口欲要求人，交浅一定不成（12画字） 溅
注："口"字打开成为"冂一"。（冂一）+（人）+（浅）－（一）=（溅）。

归田之日，不负前盟（12画字） 鲁
注："田""日"与"不负"的前面字素（一勹）㇉组合成"鲁"。

异人有怪才，高手似天工（12画字） 猴
注：异样的"人"为"亻"，"才"字怪怪的似"犭"，"手"的高处为"丿"，"冂一"相连似"工"。（亻）+（犭）+（丿）+（天）+（冂一）=（猴）。

一贯用心，务必尽力，定能夺金（12画字） 锋

注："一"与"用"字中心部位合成"丰"，"务"去掉"力"为"夂"，二者与"金"（钅）组合成"锋"。

闻声只为思春切，夜来好向郎边去（12画字） 飧

注：谜面后句"夜"会意扣"夕"；"郎"是丈夫，义扣"良人"。"夕"与"良人"合成"飧"字。谜面前句"闻声"提示音扣，"思春切"以反切提音，即用"思"字拼音（sī）的声母(s)和"春"字拼音（chūn）的韵母及声调(ūn)，反切（拼读）出"飧"的音（sūn）。

同心来牵手，用心转化人（12画字） 搭

注："同"的中心是"一口"；"手"用偏旁"扌"替代；"用"的中心是"二丨"，转个方位化成"艹"。（一口）+（扌）+（艹）+（人）=（搭）。

13画字

昔到嵩山一日游（13画字）　　　　　　　　嵩

注：谜面顿读作"昔到嵩／山一日／游"。

　　（昔）+（嵩）-（山一日）=（嵩）。

本人一旦化了妆（13画字）　　　　　　　　椿

注："本人一旦"的笔画、字素调整重组，

　　即成"椿"。

西北碧空映千里（13画字）　　　　　　　　碑

注："碧"字西北部（即左上角）空去，剩

　　余"白石"。（白石）+（千）=（碑）。

　　"千"要加到"白"字的里头去。

疑在东南降霖雨（13画字）　　　　　　　　楚

注："疑"字东南部（右下方）为"疋"，

　　"霖"字去掉"雨"为"林"。

二月马上火起来（13画字）　　　　　　　　腾

注：（二月）+（马）+（火）=（腾）。

做人先要肯吃亏（13画字）　　　　　　跨

注："要肯吃"三字的先头，分别为"一""止""口"。（人）+（一）+（止）+（口）+（亏）=（跨）。

四处贴金，多半没用（13画字）　　　　锣

注："四"贴上"金"（钅），再加上半个"多"（夕），成为"锣"。

为人休得耍心眼（13画字）　　　　　　想

注："为人休得"逆推扣"木"，与"心""眼"（目）组成"想"。

"日照香炉生紫烟"（13画字）　　　　　氲

注：谜面系李白《望庐山瀑布》诗句。"日"明取，"香炉"象形"皿"，"紫烟"义扣"气"，三部合成"氲"。

中有一人颇自负（13画字）　　　　　　赖

注："中"与"一人"合成"束"，"束"再与"负"合成"赖"。

大雨一下就变小（13画字）   零

注："大雨"下掉个"一"，与变形（转向）的"小"字组合成"零"。

如玉无瑕心无愧（13画字）   瑰

注："玉"无瑕点为"王"，"愧"字无"心"（忄）是"鬼"。

鉴湖女侠之襟怀（13画字）   愁

注：近代民主革命志士秋瑾，自号"鉴湖女侠"。谜底"愁"字拆成"秋心"，别解为"秋瑾之心胸"以应合谜面。

天倾西北断难补（13画字）   雉

注："天"与"倾"的西北部（丿）合成"矢"；断缺的"难"，取"隹"。

水色云山天下绝（13画字）   滟

注："云山天"三字下方空绝，分别为"二""丨""一"。（水色）+（二）+（丨）+（一）=（滟）。

吃尽苦头历千辛（13画字）　　　　　　辞
注："苦"的上头都被"吃尽"，只剩最下面
　　的"口"，与"千辛"合成"辞"。

留下痕迹在背后（13画字）　　　　　　腿
注："痕迹"二字的下方为"艮辶"，"背"
　　字后头是"月"。(艮辶)+(月)=(腿)。

根本心里没有底（13画字）　　　　　　粮
注："心"字没了底部，余下三个"点"状，
　　与"根"组合成"粮"。

破镜终圆古屋前（13画字）　　　　　　锯
注：谜面顿读作"破镜终／圆／古屋前"。
　　"镜"字的后面部分破损了，剩下
　　"钅"；"屋前"为"尸"。(钅)+(古)
　　+(尸)=(锯)。

琢玉无成安可补（13画字）　　　　　　嫁
注："琢"字无"玉"变成"豖"，与"安"
　　字参差组合为"嫁"。

祖先留下同心结（13画字）　　　　　福
注："礻"（祖先），"田"（留下），"一口"
　　（同心），组合成"福"。

架上空悬七星刀（13画字）　　　　　梁
注：谜面顿读作"架上空/悬七星/刀"。
　　"架"的上方空去，余"木"，悬挂上
　　"七星"（即七个点）和"刀"字，组
　　拼成"梁"。

嘴是祸之门，舌是斩身刀（13画字）　嗐
注：会意扣合。"嗐"拆分为"口害"，
　　别解作"口舌惹来的祸害"以应合谜
　　面之意。

空山之幽兮，有心上前来（13画字）　慈
注："幽"空去"山"，余下两个"幺"；"前"
　　字上方为"丷"；二者与"心"合成
　　"慈"。

谨慎发言，真心出力（13画字） 勤

注："谨慎"去掉"言"（讠），再出掉"真心"（忄），余下"堇"，加"力"即为"勤"。

重点和难点，难在一两点（13画字） 滩

注：离合双扣。重复的"点"为"丶"，（丶）+（难）+（丶）=（滩）；后句，"一两点"合为三个点"氵"，（难）+（氵）=（滩）。

虽然作了调整，还要破格用人（13画字） 蜗

注：破损了一边的方"格"形如"冂"，用上"人"成为"内"；"内"与"虽"调整组合成"蜗"。

14画字

石头城边独自开（14画字） 碧

注："城边"取"土"，"自"拆开为"一白"，与"石"组合成"碧"。

若是有心应开口（14画字）　　　　　　慝
注："若"加"心"再加上缺开了一边的
　　"口"（匸），组合成"慝"。

春天来后草木生（14画字）　　　　　　模
注："春天"二字后半是"日大"，加上"草
　　（艹）木"成为"模"。

久在公园搞活动（14画字）　　　　　　酸
注："久"与"公园"的笔画和字素移位重
　　新组合，可成"酸"。

亭前双归燕，展翅又飞去（14画字）　　翠
注："亭"字前头为"一"；双"燕"象形
　　扣"从"；"翅"减去"又"，余下"十
　　羽"。四个字素组成"翠"。

清浊之水各自流（14画字）　　　　　　蜻
注："清浊"二字中的"水"（氵）各自流去，
　　余下"青虫"，合成"蜻"。

来世犹存木石盟（14画字） 碟
注："世"与"木石"结盟，即成"碟"字。

黄昏前后萤初飞（14画字） 蜡
注："黄昏"二字前后的字素取"艹"和"日"；"萤"初始部分飞走，留下"虫"。相关字素合成"蜡"。

秦末边镇烽烟起（14画字） 锹
注："秦"之末为"禾"，"镇"之边取"钅"，"烽烟"义扣"火"，三部合成"锹"。

居心不正才怕鬼（14画字） 魄
注：假设法成谜。由"怕鬼"二字减去不正的"心"（忄），余下字素合成"魄"。

幽兰一一开，山下复岩下（14画字） 磁
注：从"幽兰"二字中离开"一一"，再去掉"山"，余下部分组成"兹"；"兹"与"岩"下之"石"合成"磁"。

泳装一着人更美（14画字）　　　　　　　　漾

注："一着人更美"，由"美"减损"一、人"
　　逆推扣出字素"丷王"；"泳"字组装上
　　"丷王"，即成"漾"。

15画字

近水楼榭先得月（15画字）　　　　　　　　潜

注："楼榭"二字先头为"木木"，贴近"水"
　　（氵），得到"月"，成为"潜"。

明月落墙西，现出猫头鹰（15画字）　　增

注：明月落，成"日"；墙西，为"土"；
　　谜底"增"字右上方象形为"猫头鹰"
　　的头。

平水藏钩捕鱼鳖（15画字）　　　　　　　　憋

注："平水"别解为将"水"（氵）平放，
　　"钩"象形为"乚"，"鳖"去掉"鱼"
　　成"敝"。三部合成"憋"。

"困似涸辙鲋"（15画字）　　　　　　　　鲨

注：谜面系近代诗人黄遵宪《游丰湖》诗句，典故出自"涸辙之鲋"，意谓困于干枯的车辙沟里的鲫鱼。谜底"鲨"拆分成"鱼少水"，别解为"鲋鱼缺少活命之水"以应合谜面。

人思进取下苦心（15画字）　　　　　　　　趣

注："人"加进"取下"二字，再与"苦心"（十）拼合成"趣"。

近水楼头人赏月（15画字）　　　　　　　　膝

注：与"水"相近的字素"氺"，"楼"头之"木"，加上"人"和"月"成为"膝"。

秋后送别临易水，从人解刀赠先生（15画字）　　　　　　　　黎

注："秋"后半别去，余"禾"；"水"字变易为"氺"；"从"的"人"解去，余"人"；"生"字先头笔画是"丿"；"刀"明取。五部拼出"黎"。

烹调九制，上下点赞（15画字）　　　　熟

注："上"字的下方是"一"。（烹）+（九）+（一）+（、）=（熟）。

春末闲中操一曲，一曲聚散成杳然（15画字）　　　　槽

注：离合双扣。"日"（春末），"木"（闲中），与"一曲"拼成"槽"；"一曲"与"杳"字素拆散，重组亦成"槽"。

分开讲规格相同，合起来谐音相同（15画字）　　　　鞋

注：谜底"鞋"字拆分开为"圭革"，读音与"规格"相同。谜面后句提示谜底"鞋"读起来与"谐"字的音相同。

多笔画字

无疑水会结成冰（多笔画字）　　　　凝

注：谜底"凝"去掉"疑"，与"水"结合会成"冰"字。

此人养鱼还在行（多笔画字）　　　　　　　衡
注："人"加"鱼"再加"行"成为"衡"。

弃疾延年须有道（多笔画字）　　　　　　　辩
注："弃疾"指南宋词人辛弃疾，以姓氏
　　　"辛"借代相扣；"延年"指东汉诗人
　　　辛延年，亦以姓氏"辛"借代相扣；
　　　"道"别解为"说"，会意扣"言"
　　　（讠）。三部合成"辩"。

有雨一定住下来（多笔画字）　　　　　　　霍
注："雨"加"一"加"住"组成"霍"。

人要有一点品格（多笔画字）　　　　　　　器
注："人"加"一点"（丶）得"犬"；"品"
　　　与"格"（方格），共四个方格。"犬"
　　　与四个方格组成"器"。

伯牙不复言矣（多笔画异体字）　　　　　　踰
注：伯牙，春秋时期人物，精通琴艺，据明
　　　代冯梦龙《警世通言》故事，伯牙姓

"俞"。谜用借代会意之法，谜底"喻"拆分成"俞止口"，别解作"俞伯牙止住了口（不复言）"。

生日无须备酒水（多笔画字）　　　　　　醒
注："酒"无须"水"（氵）为"酉"，加上"生日"成"醒"字。

污点一抹人被黑（多笔画字）　　　　　　默
注：污点，象形为"丶"。（丶）+（一）+（人）+（黑）=（默）。

行人要向鲁南行（多笔画字）　　　　　　衡
注：鲁南行，别解为"鲁"字南部走掉，留下"鱼"。（行人）+（鱼）=（衡）。

浮云掩却嫦娥面（多笔画字）　　　　　　朦
注：嫦娥，古代神话中住在月宫里的仙女，也作为月亮的代名词。谜用借代会意之法，谜底"朦"拆分成"蒙月"，别解作"月亮被（浮云）蒙住了"。

田间细作一二遍（多笔画字）　　　　　　缁

注："细"字参差组合。（田）+（细）+
　　（一二）=（缁）。

六月一日记心上（多笔画字）　　　　　　臆

注："六月一日"与"心"五字组合拼成底
　　字"臆"。

一行结伴来康定（多笔画字）　　　　　　糠

注："一行结伴来"别解为"'一'的笔画结
　　合而成'来'字"，逆推扣出"米"；
　　"米"加上"康"成为"糠"。

林莺巢燕总无声（多笔画字）　　　　　　鹭

注：谜底"鹭"字拆成"鸟各止口"，别解
　　为"鸟儿各都止住了口"来应合谜面。

禾苗首先要保水（多笔画字）　　　　　　藩

注："禾苗"与"首"字先头（丷）和"水"
　　（氵）组成"藩"。

画鸟画雁要点睛（多笔画字）　　　　　　鹰

注："、"象形为眼睛。（鸟）+（雁）+（、）
　　=（鹰）。

十八相送心长系，转眼之间到草桥（多
笔画字）　　　　　　　　　　　　　懵

注：（相）-（十八）+（忄）+（罒）+（艹
　　一）=（懵）。

半路惊扰，顿时闭嘴（多笔画字）　　跊

注：双扣。"路惊扰"各取其半组成"跊"。
　　谜底"跊"字分拆成"口就止"，别解
　　为"口马上就停止（说话）"来应合谜面。

大林出手连连错招（多笔画字）　　　攀

注："大林"加上"手"，再加上接连两个
　　"错"的符号（××），成为"攀"。

冒雨而来终一别（多笔画字）　　　　糯

注：（雨）+（而来）-（一）=（糯）。

不受玉璧唯纳言（多笔画字）　　　　　譬

注：不要了"玉"的"璧"为"辟"，加上
　　　"言"成为"譬"。

白花蛇与两头蛇（多笔画字）　　　　　蠢

注：《水浒传》梁山好汉杨春诨号叫"白花
　　　蛇"，以其名"春"借代相扣；"两头
　　　蛇"虽然也是梁山好汉的诨号，但却别
　　　解为两个"蛇"字的头部（虫虫）。三
　　　部合成"蠢"。

先夺银铜再夺金（多笔画字）　　　　　鑫

注："银铜"先头是两个"钅"（金），再与
　　　"金"字合成"鑫"。

作品赏析

卢前王后（少笔画字）上

汪德亨/赏析

"卢前王后"典出《旧唐书·杨炯传》：唐初，杨炯与王勃、卢照邻、骆宾王以文辞齐名，海内称王杨卢骆。但对这种排列次序杨炯很不满意，曾对人说："吾愧在卢前，耻居王后。"当时议者，亦以为然。后遂用"卢前王后"指前后名次或指同为诗文之友。作者拟谜，重提初唐杨炯的前后之说，但运法成谜，却露出了减笔的痕迹。"卢前"取"卢"字之前部"卜"，"王后"取"王"字的最后一笔"一"，两部组合，"上"字可成。

本谜取舍简单明了，并无山重水复之设难，面取成句且无一字抛荒，巧成无缝天衣。清水谜，闽人谓之为第一传世之作，作者系闽人，这恐怕就是他们的拿手好戏吧！

若不用心就出错（少笔画字）冈

蔡建荣/赏析

一位年轻的画家去拜访德国著名画家门采尔，向他诉苦说："我真搞不明白，为什么我画一幅画只需要一天时间，可是卖掉它却要等上整整一年？""请倒过来试试吧，亲爱的。"门采尔认真地说："要是您花一年时间去画它，那么只用一天，就准能卖掉它！"

我们做任何事都一样，要想有所收获，就必须下苦功夫，用心做好每一阶段的事情。认真只能把事情做对，用心才能把事情做好。谜作者深谙这个道理，以否定来证实肯定，"若不用心就出错"，这道理无须多说，大家都明白。

谜作扣合只用简单的增损法。"若不用心"意思是将"用"字的"心"（当中部分）去掉，留"冂"；"出错"以符号扣"×"，组合成"冈"字。虽然只是平常的语言和平常的扣法，但能以富含哲理的内涵取胜。此谜给我们以启迪，做谜不要把全部心思都花在如何设置复杂的扣合去难倒别人上，而是要在炼意上用心，苦下功夫。

革除弊端向前进（少笔画字）升

邱　天/赏析

就谜面而言，阐明必须革除社会弊端和不良习气，社会才能前进，有积极的意义，能起寓教于乐的作用。而就该谜的制作手法而言，用的是"增损离合"法。用这种手法制作的灯谜，其"暗示"猜谜者的是几个动词。譬如该谜面中的"革除""进"。而"端""前"是方位词，表示动词要"动"的部位。显然，"弊""向"二字就是"动手术"的对象，革除"弊"字顶"端"，余"廾"，再把"向"字的"前"面笔画"丿"加进来，谜底"升"呼之即出。谜面别解暗藏天机，扣合严谨，便是该谜制作成功的关键所在。

黄河如画,汉水奔流(少笔画字)凤

王永治/赏析

此谜以象形、离合法制成。"画"字点睛,活脱脱勾画出一个黄河流域的地图形象,"几"字脱颖而出;再以长江支流"汉水"奔"流",离损而成"又"字。二者相配,扣出谜底"凤"。此谜读面但觉壮观,汹涌澎湃,品底却叹严谨,滴水不漏。

错误必须用心改(5画字)艾

蔡建荣/赏析

如果说谜作者的那则"若不用心就出错(4画字)冈"是告诫我们如何防范差错的发生,那么这则谜是告诉我们若犯了错误后应如何做。

没有一个人的一生不犯任何错误。所以乔治·萨罗斯说:"一旦我们认清不完整的认识是人的共性,那么,如果我们犯了错误,就不会感到羞愧,除非我们不能改正我们的错误。"

正视错误是必要的,因为它毕竟给我们带来许多麻烦与负面影响。但把错误看得过重却是不必要的,因为它毕竟已成事实,毕竟已成过去,我们毕竟还要走向新的未来!愚者用错误惩罚自己,智者用错误激发自己。对于错误的懊悔和恐惧,本身就是一种延续的错误。错误既然犯下,就要有勇气承担由此产生的各种后果,需要用心改过才是。

说过错误,再来看谜。此谜以离合、易形而扣。"错误"形扣"乂","用心改"即将"用"的中心部分转向改变为"艹",二部合成"艾"。

此谜面句富含哲理,对每个人都有启迪作用,以谜宣教是谜作者的本意,而要创作出富有哲理能起教化作用的谜面,若非反复铸炼,断不能成。俗话说的炉火纯青、返璞归真,就是谜作者已达到的境界。

采石矶畔杜鹃鸣（6画字）肌

顾为善/赏析

采石矶在安徽马鞍山市南长江东岸，为牛渚山突出长江而成。相传唐诗人李白酒醉跳江捉月死于此地，事虽无确据，却也说明此地风景迷人。杜鹃为树栖攀禽，一名杜宇，相传为蜀帝杜宇所化；又名子规，以其鸣声像"不如归去"，历代诗人多有咏及。李商隐的"望帝春心托杜鹃"运用了前一典故，余靖的"名缰惭自来，为尔忆家园"则从后说抒情。在采石矶这样的胜地，听杜鹃啼鸣，自是诗意盎然，且慢！曾瑞以闺中闻杜鹃为题的散曲："狂客江南正着迷，这声儿好去对俺那人啼。"要真是"俺那人"听了，那就"别是一番滋味在心头"。成谜也颇见匠心："采石矶"解为采去"石"的"矶"，扣"几"；"杜鹃鸣"则说成杜绝"鹃"中的"鸣"，扣"月"；二者复合为"肌"。面句未事雕琢，具有"洗尽铅华见雪肌"的自然美。技法曲折迷离，尽管"罗襦隐约见肌肤"，却是隐而不露，依然给人以"烟笼寒水月笼沙"的朦胧感，妙不可言！

隔门无须生隔阂（6画字）亥

蔡建荣/赏析

俗语早就说过：远亲不如近邻，近邻不如对门。在老百姓心目当中流传着的俗语来自对生活的切身体会。几乎没有人会不理解这句话的含义，可是现实中，能够做到的却又是寥寥无几的，楼越筑越高，人越住越好，心却越来越远，情却越来越淡。对门居住多年的邻居或不认识，或只是打个照面，或颔首示意而已，能彼此微笑地打声招呼，也算是难得了，大多是表情严肃地各走各的路，各自生活在自己的"藩篱"之中。真应了"各人自扫门前雪，不管他人瓦上霜"的老话。

现在社会提倡和谐，社会的和谐首先是家人的和谐，其次是邻里的和谐，再扩展为乡人的和谐，同城的和谐，乃至民族的和谐，国家的和谐，世界的和谐。所以和谐从我做起，从身边做起，从邻里做起。

此谜就是提倡邻里的和谐，扣合用的是抵消法，先取"隔阂"两字，将"隔门无须"理解为"隔门"抵消了，这样就剩下"亥"字。

此谜巧借词的汉字结构，利用"隔门"与"隔阂"的相同字素进行消减，得出底字，再巧借抱合字，关联进邻里情谊，提高了谜作的思想性与宣传作用，是一则劝人坦诚和谐相处的好谜。

一定要善始善终（7画字）豆

刘　旭/赏析

无论做什么事，都要付出一定的代价，如果三天打鱼两天晒网，刚开个头就停下来，坚持不到最后，那就永远别想达到目的。反之，无论干什么事，能持之以恒坚持到底，善始善终，就一定会达到目的。作者信手拈来此面，"一定"者，为底字定然得有

"一"才行;"要"为连缀、抱合之词;"善始"为"善"字的开始部分,即"䒑";"善终"指"善"字的最终部分,为"口";所得字部组合,则成"豆"。看其扣合过程,唯觉构思独特,颇有新意。虽手法常见,却因出人意料之外而显得不同寻常。

五柳先生且宽心(8画字)苯

陈书法/赏析

五柳先生指的是东晋诗人、文学家、辞赋家、散文家陶渊明。他的自传体散文《五柳先生传》的主人公家门前种有五棵柳树,故被人称为"五柳先生"。陶渊明曾做过几年小官,后辞官回家,从此隐居,乃我国第一位著名的田园诗人,相关作品有《饮酒》《归园田居》《归去来兮辞》《桃花源记》《桃花源诗》等诗文。

创作此谜,用的是增损离合之法。入谜后,"五柳先生"取"五""柳"之先,得"一""木"二字;"且宽心"别解为:并且要有"宽"字之中心——"艹"。至此,各元素已齐备,谜底"苯"字出矣。

初看此谜,像是在写五柳先生,但实际上仅仅是借陶渊明之号一用。

声急切兮意急切,与子分离兮叹西东(8画字)函

方炳良/赏析

"函"是"凵"部独体字。谜人多用拆字法,把"函"拆成"了""口""又""一"四个字素,运思谋面,同底之作颇多。此谜另辟蹊径,兼用谐声、会意、离合三法,构成一则字谜佳作。斯谜究竟佳在何处?

一、命意之佳。谜面以辞赋形式抒写人生离情,源于社会生活,百姓话题,有亲和力,声调抑扬顿挫,读来朗朗上口,这是命意之佳。

二、措辞之巧。"声急切"意谓"声音急促","意急切"释为"情意迫切";"声急切"源于"意急切",由果溯因,合乎逻辑。面上"急切"一词,运用间隔反复的修

辞手法，以增强抒情感染力；两处"急切"入谜，各训一义，暗伏"音义双提"玄机，这是措辞之巧。

三、扣合之切。"声急切"别解为谜底"亟"的读音（jí）与"急"的读音（jí）相切合，这是提音扣合，毫厘不爽。"意急切"别解为谜底"亟"的字义恰与面上"急""急切"相吻合，这是提义扣合，如轨纳轮。"与子分离兮叹西东"可这样解读："子"分离为"了一"，"叹"字西东（左右）分开为"口""又"两字素，组合即成谜底"亟"字，这是离合得底，顺理成章。

四面环山，之推安在（9画字）界

杨耀学/赏析

本谜前四字扣"田"，后四字扣"介"，组合而成"界"字。"田"字可以看成是四个"山"字四面环绕而成。古谜"四个山字山靠山，四个川字川套川，四个口字口对口，四个日字肩并肩"就是猜的"田"

字。"之推安在"是巧用回互替代，因春秋时晋国有著名贤臣介之推，用人名"之推"借代扣合姓氏"介"。最值得称道的手法是"安"的妙用。在面句文义上，"安"是疑问代词"哪里"，犹如问"之推如今安在"，很合今人怀古情境，而在解谜扣底时，它取义"安放、设置"，这种别解化无为有，无中生有，使文谜两通，颇显谜人纤巧弄思的高明手段。

  细嚼谜面意义，人文精神浓郁，可作为一篇在介休绵山景区凭吊介之推文章的题目。绵山景区是因介之推而建的，中国清明寒食文化研究中心设在此处。说它"四面环山"，非常准确形象，这里是太岳山支脉，方圆百里，绵延巍峨，山势陡峭，一天根本转不完。在此发出"之推安在"，乃朝圣心情。"四海同寒食，千秋为一人。"这是民间第一祭山。和节日连在一起的名人，只有介之推和屈原。我们春祭绵山，夏祭汨罗；北斗南星，前贤后圣；浴火沉水，山魂江魄；晋文化楚文化贯穿时空，千秋永记。本世纪之初，绵山曾举办谜会，寄托谜人之思。今观此作，斯人斯地，融于一谜。读之犹如置身绵山，瞻仰介公遗迹，诚佳谜也。

干戈一动南方定（9画字）城

许祯祥/赏析

"城"字入谜，多数人会从"土、成"或"成、土"这两个字素别解会意构思而成，但本谜作者却另辟蹊径。他想到了"土"是"干"的倒置，又想到"成"是由"戈"字与"方"字南部（下部）的"丿"构成。于是"干戈一动南方定"这个从战争到和平的恢宏场面，便从作者的妙笔之下铺陈开来。所谓"干戈一动"，是指"干戈"中的笔画"一"变动了位置，成为"土"与"戈"二部。所谓"南方"即为"方"字之南。按地图方位"左西右东上北下南"的常规说法，"南方"即为"方"字之下部——"丿"。至于"定"字，乃本谜之抱合词，并非安定的"定"，而是指"丿"与"土、戈"合在一起，"城"字也就确定了。

此谜把"力"视为"方"之下部，从而用"南方"一词为谜作的圆满创造了条件。同时，"干戈一动"与"南方定"融会贯通，确定了战争与和平的因果关系，而使谜面语义更加完整。这也是作者高人一筹之处。

连云草色接天低（9画字）荟

莫志刚/赏析

"连云草色接天低"，观谜面，感其势：原野上草色青青，静静地向远处延伸，延伸……，直至与云天相接。谜人的联想同样富有理趣，寄托着从自然景观中升华出的空间之思。此谜作者论及谜与诗时，曾说过："灯谜毕竟不是诗的附属物，灯谜有自己的特色和个性，谜人不能光躺在诗人的身上不劳而获，唯创作才能前进，唯创作才有生命力。"于是，当美妙的诗景与感化的谜意互融时，谜面将"艹、云、人"增损离合得自然流畅，轻巧洒脱，谜底"荟"字也不再是枯燥、板滞的单字。照此看来,所谓的"字谜难制易猜"不全如是,关键是功力!

爱心欲献大牛哥,可否?可否?(9画字)牵

黄穆灿/赏析

灯谜拟面手法多种多样,当以内容形式相统一为佳。"牵"字入谜已有不少成功之作,如拟面"用爱心改变人生"表现严肃主题,"一人驱牛上桥来"描写乡村小景,各得其宜。"爱心欲献大牛哥,可否?可否?"一谜,采取散句形式设面,以增损离合为主体,辅以改进型的谜面自行抵消法而成谜。"爱心欲献大牛"扣底"牵"字,"可否?可否?"双重否定将"哥"字自然衍消而去。谜法虽无奇特之处,谜面后半亦与主体扣合无关,但此谜赖有衬字"哥"和后缀否定句来充实谜面意义,刻画出一位天真纯洁的少女形象,将她向意中人表示爱心时的矛盾心理表现得生动而逼真,担心、害怕、激动、羞涩诸多情感浑融于"可否?可

否？"的叠用之中，委婉真切，增加了谜作扣合的婉曲和品赏的韵味。此谜运用平常语言、平常谜法拟制，内容与形式的完美结合，避免了简单离合的单调之嫌，显现出一种自然之美，雅俗共赏。

三明永安三日游（9画字）脉

周震康/赏析

三明，全国文明城市，中国最绿省份的最绿城市，鹰厦铁路线的必经之路。永安，别名"燕城"，系明代景泰三年（1452）设县，1984年9月撤县建市。永安与三明相邻，境内因有栟榈山桃源洞风景区而著称于世，宋代名相李纲、明代大地理学家徐霞客等人都在这里留下过足迹。三明、永安自是观光者向往"到此一游"的目的地之一。

制谜者饱含讴歌祖国大好河山的丰富思想感情进行创作。剖析本谜，面句采用自行抵消法制成。"三明永安三日游"中的"安"字转义，由名词转化为动词，谜中称为"抱合词"。"游"字由"旅游"之"游"转义为"游离"之"游",谜中称为"离损词"。此"安"字与"游"字的作用犹如数学运算中的加号"+"与减号"-"。不难理解:

（三明）+（永）-（三日）=（月）+（永）=（脉）。

这样,平素不引人注目的一个"脉"字,经过制谜者的乔装打扮之后,就与"三明永安三日游"一起,构成了一条反映神州旅游胜地的灯谜佳作。

一帆独归西（9画字）狮

邓凤鸣/赏析

刘长卿有诗《饯别王十一南游》:"望君烟水阔,挥手泪沾巾。飞鸟没何处,青山空向人。长江一帆远,落日五湖春。谁见汀洲上,相思愁白蘋。"全诗抒发了对朋友的真挚情谊。诗人伫立斜阳里送别挚友,目光紧紧追随友人的小船驶向茫茫云水,遥望一叶孤帆渐渐消失在浩渺的江水中,不禁怅然自失,想象着友人即将独自观赏五湖落日的景致。

谜面犹如延伸"长江一帆远,落日五湖春"的意境。"一帆独归西",极目远望,江水苍茫,一叶孤帆,越漂越远,逐渐变成模糊的一点。诗人在极度惆怅中,突然眼前一亮,只见友人已经抵达五湖,在夕阳西照的湖畔观赏明媚的春色。从灯谜的扣合角度看,"一帆独归西"中"一"字把定,再取"帆、独、归"三个基础字的"西"部(即左边)偏旁部首,分别为"巾、犭、刂",把以上字素修整组合,"狮"字清晰地出现在眼前。

此谜面底呼应,情景交融,拆字离合明晰规整,方位指示以简驭繁,极具神韵。

"取一文,我为人不值一文"(9画字)俄

许友金/赏析

再好的话语,听不懂,等于白说;再好的谜作,看不懂,等于白作!

"取一文,我为人不值一文",什么意思?只要稍能识字的人,都懂得它的意思:

"只要白取人家一文钱,我的为人就连一文钱也不值了!"谁说的?原来是清代被康熙皇帝誉为"清官天下第一"的张伯行的话。《清朝野史大观·清人轶事》记载:康熙时,张伯行因政绩晋升为督抚,门生故旧闻讯后纷纷携礼致贺,张伯行却坚决不收。为了杜绝马屁精的缠扰,他特地写了《禁止馈送檄》高悬堂上,其文曰:"一丝一粒,我之名节;一厘一毫,民之脂膏。宽一分,民受赐不止一分;取一文,我为人不值一文。"如此大白话檄文,道出了张伯行"以民为本"的义利观,亦即我们今日所说的"我与金钱"关系的价值观!对比当下纷纷落马的几多贪官,孰对孰错,谁是谁非,谁该赞颂,谁得唾骂,泾渭分明!看了、听了张伯行这一字千钧的话语,其以古鉴今的鞭策意义,谁人不猛醒,哪个不牢记!在以灯谜宣传廉政的今天,此谜的非凡作用,不言而喻!

此谜以大家都能懂得的警醒话语为面,张伯行没有白说,其作用自然水到渠成!这是笔者佩服作者良苦用心的佳处之一。

佳处之二，入谜易懂。选配底字"俄"，大众能懂。"取一文"而"不值一文"，原意是"拿了人家一文钱"，"为人就连一文钱也不值"，入谜取谜面自我抵消法，只以"我为人"三字构成底字"俄"，简单、明了！就是灯谜圈外人，也会为此谜易懂、谜趣迷人而打动！

诗魔白居易提倡"文章合为时而著，歌诗合为事而作"，灯谜也理所当然该"合为时而作"。此谜为宣传廉政而作，"诗书宁救眼前贫"（戎昱《感春》句），灯谜也效"救贫"（救治廉政意识贫乏）事，诚哉其佳处之三！

当然，灯谜成句为面，受众不同，通俗艰深各所宜，是不可一概而论的。但，谜作越通俗，受众面就越大，这是毋庸置疑的！

森林被毁，泉水枯竭（9画字）柏

蔡建荣/赏析

青山不老树为本，绿水长流林是源。森林与我们的生活息息相关，人类离不开森林，森林更需要人类的保护。而现实中毁林开荒、乱砍滥伐的现象严重存在，我国本来就不多的森林资源屡屡遭到破坏。面对森林资源的严重不足，对现有森林资源的保护就显得日益重要。建设节约型社会，对林业来说，首先要保护好森林资源，其次是科学的规划和布局，合理经营和利用好森林资源。加强木材的综合利用，延长木材使用寿命。提倡节约消费，发展循环经济。森林资源的破坏，同时还会引起其他一系列问题，比如空气中的负离子的减少，二氧化碳含量的增加等。林木有蓄水作用，森林的大量被毁，还会导致蓄水量的减少，造成泉水枯竭。

谜作者正因为鉴于此实情，运用灯谜的手法，呼吁人们重视森林的保护，重视水资源的保护，极具现实意义。

成谜用消损法，"森林被毁"扣"木"，"泉水枯竭"扣"白"。谜法虽平凡无奇，但其表达的环保意识却是意义重大的。

立雄心方能翻番（10画字）倍

顾为善/赏析

"翻番"是体现大幅度增长的新词，意思是成倍增长。"跳一跳把果子摘下来"是个形象的比喻。但是，要使理想成为现实，必须有个先决条件，就是要有雄心。没有雄心壮志不行，靠浮夸吹牛、弄虚作假是无济于事的。这就是谜面的含义。

"雄心"扣单人旁（亻），谜界已是约定俗成。当然，文字学是不承认它的，它只是短尾鸟"隹"的一部分；唯有谜人眼中才能发现这个心，这个心中之"人"。"立"是动词。"方"作才讲，是副词，表示"在一定条件下才会……"而在谜里，都成了组成谜底的部件："亻""立""口"（方形）合成底字。翻番，提义。形扣再加义扣，一气呵成，无一丝冗赘。这是一则富有时代气息、展现时代精神的好谜。

落人窠臼之中,言多奉承之意(10画字)谀

杨靖高/赏析

好的字谜,在谋面时能拆字赋形,晓之以理。此谜便是如此:落"人"于窠"臼"之中,"言"(讠)多了,得出个"谀",而"谀"正是奉承之意。整个谜面,叙述自然,含讥寓讽,不动声色,于说理有镜鉴之明,于制谜无斧凿之迹。能做到这一点,巧妙全在将"言多"与"奉承之意"连贯成句,暗藏关节,却明收通达之功。作者熟谙谜法之常,离合组接,提意点化,灵活机动,正是运用之妙,存乎一心。

雄心自可安天下(10画字)倚

蒋 恺/赏析

人不可无志,志有大小之别,"雄心"乃大志也。只要有雄心壮志,百折不挠,就能无往而不胜,上天可揽月,下洋可捉鳖,

什么人间奇迹都可创造出来。谜面含有积极意义,它激励人们要树雄心,立壮志,为安定天下而奋斗出力。

此谜面底扣合十分得体:"雄心"扣"亻","天下"扣"大","可"明取(亦可理解为"自然可以"),这三部分汇聚起来谜底"侉"字即成。无一闲字,且发人深思,耐人寻味,岂非佳构乎?

潇湘深夜忆南柯(11画字)梦

顾为善/赏析

潇湘是湘江的别称。《湘中记》:"湘川清照五六丈,是以纳潇湘之名矣。"这是从潇水深而清的意思着眼的。又或专指湘江中与潇水汇合的后一段。更由于潇、湘二水都在湖南,用以泛指湖南地区。郑谷诗:"君向潇湘我向秦。"便是如此用。面句是说在湘水之滨或湖南地区回想过去的梦境。

但作为谜,这"潇湘"却不是水名或地名,而是特指《红楼梦》中雅号潇湘妃子的林黛玉，以之扣"林"，"深夜"扣"夕"，合成"梦"。"南柯"提义，出自唐代李公佐的传奇小说《南柯记》。小说主人公做了一场富贵荣华的梦，后人便以"南柯"作"梦"的别称。《红楼梦》本身写的就是荣宁二府由盛转衰的人生梦，其间写了许多小梦，宝玉魂游太虚境便是其中一例。黛玉何时做梦，无暇细考，但知她写过一首《菊梦》诗，其中有"睡去依依随雁断，惊回故故恼蛩鸣"，当是她的自我写照吧。说作者取材于此，也未必是穿凿附会之说。唯有制谜高手，才能谋如此含蓄、令人回味无穷的面。"忆"，作为猜射的引导词，也是别具一格。

是进亦忧退亦忧，乃疑字当头所致（11画字）匙

杨靖高/赏析

思名言名句，得谜人之悟。"是进亦忧退亦忧"，乃千古名篇《岳阳楼记》中的一句，说的是志士仁人始终心系天下、忧国忧民的情怀：进——"居庙堂之高则忧其民"；退——"处江湖之远则忧其君"。在谜人看来，这句话耐得品嚼，有"舍得"之味。经顿读，"是/进亦忧退亦忧"，可别解成："是"，进了一个"亦忧"，又退了一个"亦忧"；抵消后，还剩"是"。舍了，应得到点什么？面对"进亦忧退亦忧"，忽生与"疑"字有关的感悟，进而确定是"疑字当头"（匕）。谜思总在别出心裁的发现中，而谜眼却非经殚思竭虑才能睁亮！

白头始见岁寒心（11画字）密

杨靖高/赏析

好的谜面，晓谕人情事理，使谜作的思想性、艺术性俱增。初看"白头始见岁寒心"，以为是借用了前人的诗句，经仔细查对，没有先例，这是谜作者自撰。这句话说得在理、说得精辟！没有沧桑阅历的人吐不出这样的经验之谈；如当作诗句，这句诗写得朴实达观、深沉真挚，没有观世相的修为和古诗词的修养，写不出这样情韵并茂的佳句。"岁寒心"喻坚贞不屈的节操。清代顾炎武有诗云："亮哉岁寒心，不变霜与雪。"白头始见岁寒心，正是"年暨知命，霜情与晚节弥茂"的道理。

再从制谜看，"白头始见"用得精当惬意，字字有功。别解"白头"，"白"的头部，为"丿"；"始见"，要见开始的——"岁寒"的起始部分，为"山、宀"；经有"心"撮合，终得一"密"。此谜的解析、扣合，十分缜密，而面句不啻为一句喻世明言。作品里外兼修，神形俱备，堪称字谜中的佳作！

天边三星拱照，水中三星相映（11画字）添

杨靖高/赏析

蔡芳先生有许多摹形绘景的优秀字谜作品，均能将形象思维与文学语言很好地结合，充满了诗情画意。此谜描绘了水天相映、夜静星稀的景象，意境皎洁宁谧，使人

的心境也是一片和谐安详。然而内里静中有动，平中蕴巧：天边三星，将三点准确地示位在"天"之边；水中三星，却是将"水中"机敏地指代为"水"字中间的"亅"，三点横排在"亅"的两边。这种变与不变，随机应变，增加了谜趣。全谜拟面精心，结构整齐对称，描写简明生动，格调清新，看似容易，实为反复推敲、穷而后工的结果。

"安得长绳系白日"（11画字）婶

杨基平/赏析

两千年前，孔老夫子站在江河之边，看着江水滚滚东流，片刻不息，不禁发出了流传千古的感叹："逝者如斯夫。"一千年后，晋代诗人傅玄望着天空渐渐西斜的白日，感叹道："岁暮景迈群光绝，安得长绳系白日。"又一千年后，我读懂了"长绳系日"的蕴意，那是古人企图让时光留驻的天真幻想。可这样的"长绳"又到哪里去找？傅玄诗中所说"安得"二字，不正传递了这种企望难以实现的意思吗?

　　人生百年,几多春秋。向前看,仿佛时间悠悠无边;猛回首,方知生命挥手瞬间。剪一段细碎光阴,倚在尘世的一角。我不知道,时光流逝,感情是否会逐渐冷淡?曾记否,我们的年少;曾记否,我们的青春。流水时光,是我仰望目送的那一片云,远去了,找不回,追不及,正如,你在我的目光中慢慢走远一样。有一种时光,踏遍了岁月,有一种旧物,缭绕于心底。

　　"安得长绳系白日",一句诗,让我感怀"光阴似箭催人老,日月如梭趱少年"。

　　"安得长绳系白日",一则谜,让我领略"敢为常语谈何易,百炼工纯始自然"。

　　读诗品谜,嚼之如橄榄,饮之如清茶,自得其趣:看那"长绳",形似"丨"状,逼真惟妙,系"日"成"申",毫无针痕,恰到好处;"申""安"参差,组合为"婶",无懈可击。

　　诗有寄意,谜中含趣,意之既达,意必携趣,虽是牵萝补屋,集腋成裘之作,倘无丰富之想象，焉能臻此刻画纤灵、离合自如之妙境！

"安得长绳系白日"（11画字）婶

蔡建荣/赏析

谜面出自晋·傅玄的《九曲歌》一诗："岁暮景迈群光绝，安得长绳系白日。"从这以后，"长绳系日"便成了表现时间感的一种意象，沿用这种意象的诗人很多，不只是李白的"长绳难系日，自古共悲辛"，还有六朝时的江总《岁暮还宅》诗"长绳岂系日，浊酒倾一杯"，张说的《奉和圣制观拔河俗戏应制》诗"长绳系日住，贯索挽河流"，白居易《浩歌行》诗"既无长绳系白日，又无大药驻朱颜"，等等。

时间是人生最大的资本和财富。时间对每个人都是公平的，给每个人的一天都是二十四小时，一千四百四十分钟，从你来到这个世界的那天开始，它就陪伴着你度过每一天，无论你是贫、是富、是贵、是贱，时间就从来没离开过你。同样的时间，不同的人生，所以我们做任何事情，都必须认认真真，不要浪费自己的一分一秒，更不要浪费别人的时间。

此谜移位法、象形法并用。"长绳"象形"丨"，"长绳系白日"自然是"申"字，"安得"移位为"女、宀"，恰好组合出一个"婶"字。如此之巧，令人叹服！

读过傅玄这首诗的相信还有更多的谜人，为什么别的谜人没有想到"婶"字呢？这就是此谜作者的用心处。古人云"文章本天成，妙手偶得之"，好谜何尝不如此？

如水之清，如月之明（12画字）晴

许祯祥/赏析

"如水之清，如月之明"，本义是描述某种物质或人的品质像净水一样清，像月亮一样明。作为谜面，它容易让猜者误认为谜底这个字的含义像水与月般的清和明。其实，它的别解义是：有一个字，它的一

边如果有"水"则成"清",另一边如果有"月"则成"明"。那么这两边的字是什么呢?显而易见,一边是"青",一边是"日",合成谜底就是"晴"字。

此谜之妙,在于既通俗又雅致。说通俗,是指它面底的含义并不深奥难懂,也没有运用特殊的扣合手法,只要思路对,一般人都不难猜中。说它雅致,在于两个"如"字和两个"之"字用得恰到好处。"如",表面上作"像,似"解,实际作"倘若"解。"之",原作语助"的"解(如你的我的他的),实作"是""为"(wéi)解。正是充分用汉字一字多义的特点,通过面意别解扣合,才使本谜既平易又富有谜味。

寻芳也应待年头(12画字)蒁

董书祥/赏析

南宋理学大家朱熹学究天人,同时又是一位成就卓然的诗人,他的《春日》诗就是一首脍炙人口的传世之作:"胜日寻芳泗水滨，无边光景一时新。等闲识得东风面，万紫千红总是春。"寻芳，也即踏青郊游，借嫩绿繁红、新杨弱柳排遣情怀，消散久困严冬的闷气。郊游要待春之来临，更需要适宜的年头。试想兵荒马乱，民不聊生，或时逢动乱，人心惶惶，哪里谈得上踏青寻芳？谜之设面乃视野辽阔的入世者所言。

谜作扣合，眼光独到，手法灵活。"芳"字的移位如掌中飞燕舞姿曼丽，更似小蛮柔腰，弱如杨柳。"年头"的嵌入，"也"字的填充，皆见自然得体。一补一填，似有意若无意，虚虚实实，而次序不乱。"寻"在谜中看似赋闲，然写照传神，倘无此一"寻"，底中那变态的"芳"字也就不会轻易被人发现。

得人和者谦为首（12画字）储

杨靖高/赏析

有句名言："人情练达即文章。"灯谜创作亦如是，制谜贵在炼意，如果传达出一些做人道理，灯谜便能发出启迪人生智慧的光芒。古训："满招损，谦受益，时乃天道。"得人和者谦为首！讲得十分精辟。为人处世，谦虚恭谨的态度是首要的，如果自以为是，骄傲自大，则难以与人相处，更不可能有人缘、得人和了。

该谜结字亦具和合之美，舒畅自然：得"人"（亻）；"和者"，"和"化实为虚，变为介词，"者"化虚为实，成为要素；再加上"谦为首"——谦的首部（讠），自然而然得出一个"储"字。谜中"和者"虚实灵变，珠蕴光含，耐人寻味。面文整体上言简意赅、小巧精致，而又发人省思。

四方来帮助，同心挖穷根（12画字）富

黄秦奇/赏析

"四方来帮助，同心挖穷根"，反映了"先富带动后富，逐步实现共同富裕"的经济发展过程。此谜采用离合法门。"四方"会意为四个"口"，组成"田"字；"心"

字是方位词,指"同"字的心是"一"和"口";而"穷"字挖掉其根部,只存"宀";四个字素结合,"富"字脱颖而出。令人回味者,还在于"富"字的文义,再次揭示了"消灭贫穷"的时代精神,丰富了谜面的内涵,增强了谜作的思想性。

闻声只为思春切,夜来好向郎边去(12画字)飧

杨耀学/赏析

面句充满情趣。"思春"指青春期情窦初开的少女思慕异性,"切",心情迫切。何以"闻声"知之?很可能是"不闻机杼声,惟闻女叹息",此声中漏泄春光。闻声知其有心,料其夜来有行。"好向郎边去"是从李煜词《菩萨蛮·花明月暗笼轻雾》中的"今宵好向郎边去"化裁而来,指女子向心上人移步。两句构成一个完整的意境。这般妙语美事,却隐藏着一个字,问君如何下手破解?

谜人精心安排,有字素会意扣合,有字音拼切提取。"夜"同义代换为"夕","郎"

是丈夫义，义扣"良人"（上下排列成"食"字），"夕"来到"良人——食"的"边"上，即是谜底"飧"字。这里的"来""好向""去"皆可做提示抱合之字词。

前句描摹底字的读音。"闻声"提示音扣。此字读什么？很多人读不准。"思春切"就是它读音。"切"暗指"反切"，是古人创制的一种注音方法，基本规则是用两个汉字相拼给一个字注音。本字乃是用"思"字拼音（sī）的声母（s）和"春"字拼音（chūn）的韵母及声调（ūn），切出"飧"的读音"sūn"。底字是音切出来的、会意合形扣出来的，一切一扣就锁定了。"飧"字义为晚餐或熟食、简单的饭食，而字义却与面意无关，这就是灯谜。

琢玉无成安可补（13画字）嫁

邓凤鸣/赏析

琢玉，指对玉石的雕琢。《贞观政要》记载："玉虽有美质，在于石间，不值良工琢磨，与瓦砾不别。"一块未经精心雕琢的璞玉，就如碎石瓦砾一样。《三字经》云："玉不琢，不成器。人不学，不知义。"美玉只有经过巧匠因材琢磨，去瑕存瑜，才能显现其美质。同理，一个人不管天资如何聪慧，不经良师教诲和自身努力，也难明白做人处世的道理。

玉器的雕琢过程，要经过审玉、开玉、磨碢、上花、打钻、打眼等多道工序。在切、磋、琢、磨之前，雕玉工匠必须反复观察玉石，发掘其蕴藏的天然美感，然后才开始量料取材，因材施艺。玉料一旦切开就不能重来，所以要格外谨慎，否则只会落得"琢玉无成安可补"的感叹。

面句读作："琢玉无成/安可补。"首先把"琢"分拆成"王、丶、豕"三部分。"王、丶"可组成"玉"字。"琢玉无成"由"雕琢玉器失败"的原意，别解为如果"琢"字没有了"玉"字就成了"豕"字。"安可补"本意是"怎样才可以补救呢？"在谜中，"安"字要分解为"宀、女"两部分,"可补"成了抱衬词,把"女、宀、豕"三字素恰当地互补,"嫁"字跃然纸上。

此谜尽显镂月裁云的鬼斧神工,令人叹为观止。

架上空悬七星刀(13画字)梁

邓凤鸣/赏析

相传很久以前,有一颗流星坠落越地,烧红五十多里河山,干将莫邪夫妇取了流星,铸成吴王剑和越王剑。后来又将剩下的陨铁锻造了一把七星刀。该刀其貌不扬,却能透穿盔甲。后来,曹操向司徒王允借得此刀刺杀国贼董卓,其亮光惊醒董卓。曹操行刺未果,佯作献刀而逃脱。

谜面展现了一幅画面:一把削铁如泥的七星刀,闲置空挂在刀架上,发出淡淡的幽光。成谜后,顿读为"架上空/悬七星/刀"。"架上空"变义为"架"字上方空缺,剩下"木"字;"七星"摇身一变,散作七个点(丶),象形七颗闪烁的星星;"刀"字明取。"悬"作为抱合词,把七个点一一悬挂点缀在"刀、木"两个字素周围,"梁"字闪亮登场,炫人眼目。

面底扣合,浑然传神,可谓珠联璧合,相得益彰。

亭前双归雁,展翅又飞去(14画字)翠

蒋　恺/赏析

此谜面句作者自撰,动静结合,美妙如画。

若问双雁欲归巢,为何又展翅飞去呢?莫非"亭候"之前有兵卒乎?汉代筑有"亭候",乃伺候望敌之所也,有士卒防守,由此推断,归雁飞去,可能是受人惊扰。再看谜底乃一"翠"字,自然想起一则脍炙人口的传统佳谜:"一字不难猜,刘邦一见乐,刘备一见悲。"何故?因项羽死了,无人争雄,刘邦自然心喜;关羽乃刘备结拜兄弟,情同手足,其亡,刘备必然心如刀割。这只不过是笑谈而已。愚以为此谜更妙,请看:

有亭翼然而立，状如飞鸟展翅，此时恰有双雁展翅，飞来飞去，两相对照，岂非一幅美妙的画图？用谜的眼光来看，面底扣合，井然有序，无一闲字，而且生动逼真，无懈可击。"亭前"按方位扣"亠"，"双雁"象形扣"从"，把"翅"字展开为"十、又、羽"三部分，其中"又"飞去了，尚余"十、羽"，与前面的"亠"和"从"共四个部分组合，那碧绿的翡"翠"就呈现在眼前。特别是"双归雁"形象逼真，上有羽毛遮盖，下有十字架顶立，宛如一棵大树，一对鸿雁安稳地宿于巢穴之中，何惧风来吹，雨来打？

来世犹存木石盟（14画字）碟

王幼堂/赏析

"木石盟"典出《红楼梦》第五回《红楼梦十二支曲》第二支《终身误》："都道是金玉良缘，俺只念木石前盟。""木石前盟"影射黛玉、宝玉前世为木为石，"来世犹存木石盟"寄托着将"木石之盟"延续于后世之意。

作者以拆字法成谜。"来世"在面义为下一世，在底则解作来个"世"字；"犹存木石"，"犹存"义为还有，以提示还有"木、石"二字；末一"盟"字，为锁纽，将"世、木、石"连结成底字。"碟"本区区一字，小小物件，作者却将一段宿世姻缘赋予其中，让谜作带上神话色彩，读来韵味绵长。

清浊之水各自流（14画字）蜻

吴旭初/赏析

楚辞《渔父辞》："屈原既放，游于江潭，行吟泽畔，颜色憔悴，形容枯槁。渔父见而问之曰：'子非三闾大夫欤？何故至于斯？'屈原曰：'举世皆浊我独清，众人皆醉我独醒，是以见放。'"

谜面如写三闾大夫屈原，以泾渭清浊当分，不愿同流合污，其志坚不可摧，其言凛然可敬。正如今之反腐倡廉划分界限一样。面为作者自撰句，念之上口流畅，掷地字字作金石声，谜虽浅显，意义深长。"清浊"之水部为"氵"，"各自流"指两个水部皆去之，唯存"青"与"虫"合成"蜻"字。简洁易懂，宜于大众化。

人思进取下苦心（15画字）趣

邓凤鸣/赏析

《三字经》中"头悬梁，锥刺股。彼不教，自勤苦"，系称道古人发愤读书的典故。孙敬，东汉著名政治家，年轻时刻苦好学，每天从早读书至深夜，废寝忘食。晚上因疲劳瞌睡，不知不觉打起盹来，他就把绳子的一端悬在屋梁上，另一端系着头发。每当打盹，头皮就会被扯痛而惊醒，再埋头苦读。结果他成为儒学大师。战国时期的苏秦因游说秦国失败，连家人也看不起他，对他很冷淡。他决定发愤自学，每当瞌睡时，就拿锥子刺自己的大腿，让流血疼痛刺激自己清醒过来，再坚持读书。后来他成为身挂六国相印的显赫人物。

由此可见，"人思进取下苦心"是成功的基石。入谜后，"人、取、下"这三字整字使用，"苦心"由本意"费尽心思"转义为指"苦"字的中心部分"十"。"思、进"作为抱衬词，赋意此谜的构思是要纳进"人、取、下、十"四个字素，然后将之重整排列，"趣"字如影随形，尽显剪裁之妙。

此谜形扣，运思工巧，寓教于谜，自然合度。

"困似涸辙鲋"（15画字）鲨

杨基平/赏析

谜面系近代诗人黄遵宪《游丰湖》诗句，典故出自"涸辙之鲋"。

战国时期，宋国庄周家里贫穷，常常是吃了上顿没有下顿。有一次，庄周家里断了粮，无奈之下，他到监河侯那里去借粮。监河侯听了，故作大方地说："好啊，没问题！不过，要等我收了地租的钱，才能借给你三百斤粮食，可以吗？"

庄周听了很生气，但他也不愿意直接戳穿对方的谎话，就讲了一个故事：

昨天我在路上走，忽然听到呼救的声音。我四处张望，原来是车辙里的一条鲋鱼（就是鲫鱼）在叫。鲋鱼见了我，急忙大声喊道："老先生，老先生。"我问它："鲋鱼啊！你怎么啦？"它说："我从东海被冲到这里。您能给我一桶水，救救我吗？"

我慷慨地点头答应道："好啊！我去南方劝说吴王和越王，引来西江水救你，可以吗？那里是水乡泽国，水多得不得了。"

鲋鱼听了，非常生气地说："您这是什么话！我失去了正常生活的环境，眼下只要有一桶水就可以救活我，而您却要到南方之后，放西江的水来救我。您要是这么做，到那时，恐怕只有到干鱼店里来找我了！"

庄周讲完这个故事，头也不回地走了。

寓言"涸辙之鲋"，笔墨简练，刻画出一个吝啬鬼的形象，讽刺某些人好以大话、空话掩盖其不解决实际问题的本质。

然,谜作者灵心妙手,应典真实,法运巧扣,直击谜面词意,通解为"困于车辙沟里的鲫鱼,缺少了活命之水",描摹情状,形象生动,情态逼真。谜底"鲨"字,拆分成"鱼少水",义扣切合谜面,以简驭繁,理明意达,颇见奇趣。

此谜题句自然天成,用典浑化,关合工切,圆融稳妥。读之初似平常,细品方知其妙!

明月落墙西,现出猫头鹰(15画字)增

邓凤鸣/赏析

猫头鹰为夜行动物,昼伏夜出,白天隐匿在树丛、岩穴或屋檐等不显眼之处。食物以鼠类为主,也吃昆虫、小鸟、蜥蜴等动物。其视觉敏锐,在漆黑的夜晚,其视力比人类高出一百倍。每当夜幕降临,雄性猫头鹰常用叫声来联系雌性猫头鹰。由于其叫声阴郁凄凉,在寂静寒冷的夜晚,令人觉得格外阴森恐怖。人们循声寻觅其踪迹时,在明月

的照射下,通常会发现它伫立墙头或楼顶边沿处,像一座冰冷的雕像,一动也不动。

谜面如画,展现以上的图景,同时凸显出象形灯谜的魅力。"明月落"由"月亮渐移低落"的原意,变义为"明"字的"月"已被丢落,剩下"日"。"墙西"显示"墙"字的西边"土"部。"猫头鹰"用象形法表现,猫头鹰的耳朵很特别,耳孔很大,周围排列着很长的羽毛,好像一对竖起的猫耳朵,"丷"惟妙惟肖刻画出猫头鹰的两耳。"曾"字中部就像黑暗中猫头鹰又圆又大的双眼,炯炯发光。"现出"将"日、土"二字素与"猫头鹰"之形组合一体,"增"字跳脱而出,格外引人注目。

此谜融合拆字、象形之法,自然贴切。尤其是"猫头鹰"的形象逼真,生动传神,饶有谜趣。

言多辛辣要约束(多笔画字)辩

苏纳戈/赏析

题面表述通顺自然,构思符合情理。其意是劝告、提醒某些言语尖酸刻薄的人,说话要有约束,不要口没遮拦,否则会刺痛、得罪别人。

在谜的扣法上,此谜虽运用的是字谜常见的增损离合法,但其增损手法甚是巧妙,将"言、辛、辣"三字约去"束",再拼合成谜底"辩"字,令人意想不到,特别是其中的"约"字很有谜味。

缘木求鱼最不可取(多笔画字)橹

杨靖高/赏析

我很喜欢平中见奇的灯谜,此谜是又一良范。谜面由两个常用词组成:缘木求鱼,最不可取。作者是有心人,估计是先后注意到这两个词各具字谜离合、增损的功用。

先说"缘木求鱼",有"木"有"鱼","缘""求"这两字作为关合词十分生动。但"木、鱼"本身并不能组成字。想想看,也许只能加一个"日",可成为"槢"。而如果简单地拟面为"缘木求鱼末日来"等,谜意则浅白无趣,说理也勉强。再说"最不可取",它更具特点,"最"字的下部,不细看竟难以发现就是个"取"字,因此"最"不可"取",天然暗寓一个"日"字。两个词如独来独往,形单影只,意兴阑珊,现在被作者巧结良缘,便一下言而有义,言之成理,生成了一句寓意深刻的话,一个关于方法论的忠告,真是令人刮目相看。"缘木求鱼,最不可取",前后珠联璧合,表述朴实无华,内里藏机蕴巧,效果浑若天成,这正是佳谜的品质。

后 记

对于制谜者来说,做字谜是很考验人的事。字谜的谜底仅一个单字,能提供可联想的信息不多,尤其是笔画少、结构简单的字,信息量更是有限,因而谜面必然有较多的空间需要用抱合词和衬词来充实。字谜做得生动不生动,在基本字素确定的情况下,其实就是由抱合词和衬词选配得合适与否来决定的,关键还得靠造句的基本功。造句的基本功是由文字修养来支撑的,需要的是谜外经久磨砺的真功夫。字谜能够做到家,制作其他灯谜的技艺必然能够精进。所以,我一直敬畏字谜。

早期,我不太喜欢创作字谜,字谜作品不多。上个世纪的最后几年,在编纂《中华字谜大全》(本人是副主编)即将完稿的冲刺时期,制作了大几百条字谜,用来填补难字、生僻字、异体字等非常用字谜的空白,多是急于求成没经过打磨的粗坯,虽然没出什么精品，但锻炼了制作技能。本世纪这十来年，我比较热衷字谜创作，是因编著《教你猜字谜》《学生常用谜语手册》和在永安市老年大学讲授灯谜课程的需要。为此我先后制作了上千条字谜，大部分是普及型的作品。本书选编的字谜300条，结合进校园的主旨，仍以普及型为主，尽可能选用各种不同创作手法的作品，以期体现字谜艺术的多样化。

通览本书所选字谜，自己明显感觉到：早年作品比较规整灵动，但手法比较单一；而近期作品虽更趋严谨且较为多变，但灵巧则又不如前。看来制谜也需要年轻血脉的跃动，年轻的爱好者即是未来的行家。

蔡 芳
2018年8月21日于其乡居